KB128020

좋아하는 일을 하면 행복할 수 있을까?

이동환
김은지
쓰다

좋아하는 일을 하면 행복할 수 있을까

♡ 본문 중 이동환 작가가 쓴 글은 (이)로
김은지 작가가 쓴 글은 (김)으로 표기하였습니다.

우리는 살아가면서 좋아하는 일과

해야 하는 일 사이의 고민을 매번 마주합니다.

인생은 어쩌면,

그런 고민의 연속일지도 모릅니다.

이 책을 읽는 독자 여러분은

나무 밑 그늘 아래서 숨을 고를 수 있기를 바랍니다.

PROLOGUE

안녕, 책방

봄에 만난 책방에 꽃이 피었다. 적당한 날에 책이 차곡차곡 채워졌고 그렇게 좋아하는 순간이 다가왔다. 그 속에서 기쁨과 환희가 과하게 넘치지도 않았고 고민과 불안감으로 하루가 가지 않을까? 걱정하지도 않았다. 오늘 하루가 멋지게 가리란 기대보다는 오늘 하루도 퍽 괜찮았다는 안도감으로 시간을 맞이했다. 책방을 닫고 집 가는 길에 하루를 떠올려 보면 하나둘씩 찾아오는 책들과 정겹게 만난 사람들과의 대화를 생각하면서 좋아하는 일에 대한 시시콜콜한 이야기를 간직했다.

몇 해 전 처음 동네책방을 만난 일을 떠올려 보면서 책방 문을 내가 열어볼 수 있을까?에 대한 막연한 생각을 가지고 시간을 보냈던 시절이 떠올랐다. 이 일을 마주하는 게 내가 좋아하는 일이 좋아하는 순간이 될까? 하는 그런 상상.

그런 시절을 한 해씩 보내다 보니 그런 생각이 너무 많이 쌓여 어느샌가 책방을 여는 이야기로 시작해서 닫는 이야기로 마침표를 맺고 있다.

일상에서 좋아한다는 것을 즐기다가 매일 좋아하는 순간을 만들어 매번 마주치는 일은 아무래도 조금 더 행복해질 수 있는 길인 듯싶다.

그래서 다들 좋아하는 일을 하면 행복할 수 있을까?를 머릿속에서 상상해보곤 하는 것 같다. 하지만 행복은 좋아하는 일을 아무리 뒤져 보아도 보물찾기 하듯 딱 잡히지가 않았다. 좋아하는 일을 하다 보면 잠깐 찾아오는 순간이 있었을 뿐 보통날과 다를 바 없었다. 그 보통날에서 찾아온 순간을 놓치지 않으며 간직하고, 또 소중하게 여겨야 할 필요가 있었을 뿐이었다.

그런 애정 어린 마음속에서 책방을 떠나보내려 하니 조금 섭섭하기는 하지만 그래도 언젠가 어디서 만날지 모를 행복을 기다리면서 보통날을 또 어김없이 마주해야 할 것이다.

지난 보통날을 보내면서

안녕, 책방

2020년 여름

보통날을 보내는 이동환으로부터

기쁨을 후회하면서
후회를 기뻐하면서

위의 문장은 내가 쓴 시 「서보 기구」의 마지막 부분이다.

간절히 바라던 일이 이루어져 엄청 행복해했는데 나중에 그로 인해 마음고생을 하게 되는 일, 누구나 직접 겪었거나 옆에서 본 적이 있을 것이다.

'후회를 기뻐하면서'는 그 반대의 경우를 말한다. 그리고 한 겹의 의미를 더 담고 있다. '후회를 한다'는 건 슬프고 아픈 일이다. 그래서 되도록 피하고 싶다. 그런데 어느 정도 시간이 흐른 후 문득 안타까운 일에 충분히 슬퍼하고 아파한 내가 정말 다행이라는 생각이 들 때가 있는 것이다.

행복이 무엇일까?

잘 알고 있지만 또 결코 알 수 없는 것.

당사자만이 때때로 감지할 수 있는 유기체처럼 변하는 그 무엇.

중대한 일이 결정되어 절망했지만 쾌적한 바람이 불어 머리카락이 볼에 살짝 닿은 순간 실패했음에도 이상한 만족감에 차오르기도 한다.

이렇게 생각하는 내가 행복에 대한 책을 쓰게 되다니.

좋아하는 일을 하면 행복할까?

누군가가 나에게 직접 물어본다면 나는 곤란해하면서 되물을 것이다.

"좋아하는 일을 '하지 않아서', 오히려 훨씬 더 행복할 수도 있을 텐데?"

"사람에 따라 다를 텐데?"

보통 이 질문을 하는 사람이 어떤 마음이고 어떤 기분인지를 알고 있기에 시원한 대답을 하지 못하는 내가 나도 답

답하다.

그렇지만 한 권의 책으로 이야기해 볼 수 있다면?

시를 쓰면서 글을 쓰면서 겪어온 기쁨과 슬픔을 구체적으로 쓰는 것은 성의 있게 해보고 싶은 작업이다.

이 문장을 쓰는 동안 편집자님에게 이 책의 제안을 받았던 날이 떠올랐다. 일을 하면서 느꼈던 최고 기쁜 날 중에 하루였다.

이 책의 원고를 쓰면서 내가 너무 솔직해져서 신기했다.

친구나 지인들을 실제로 만나서 얘기했다면 상대방의 취향, 근황, 날씨, 자존감의 상태에 따라 훨씬 간단히 조금만 이야기했을 것이다.

혹시 내가 겪은 일들이 만에 하나 누군가의 마음에 가닿을 수도 있다는 생각에 생략하지 않고 있는 그대로 쓰게 되었다.

그리고 내가 평소에 하는 생각보다, 글을 쓰다 보니 하게 된 생각이 많다.

나 자신도 몰랐던 나와 오래 이야기를 나누었다.

이 부분을 어쩐지 일러두고 싶었다.

아직 행복이 뭔지 잘 모르겠다.

그렇지만 책방에서의 시간은 나에게 가장 소중한 기억으로 남았다. 그리고 용기를 내어 꺼낸 우리의 이야기들이 한 줄의 문장으로 독자들의 마음에 가닿는다면, 나는 "그것은 분명한 행복!"이라고 말할 것이다.

2020년 여름

좋아하는 일을 늘 찾고 있는 김은지로부터

차례

좋아하는 일을 하면 행복할 수 있을까

괜찮지만은 않습니다만

걷다보니 괜찮아진 오늘

COFFEE MENU
- ESPRESSO
- AMERICANO
- LATTE
- CAPPUCCINO
- MOCHA COFFEE

CHAPTER
1

좋아하는 일을 하면 행복할 수 있을까

책방의 하루

이

내가 상상했던 책방의 일과는 바깥에서 들어오는 햇살 몇 줄기를 만끽하는 평온한 일상이었다. 아침에 출근해서 내가 원하는 농도의 커피를 내려 마시고 눈에 가장 먼저 들어오는 책을 읽다 나른한 잠을 쫓지 않아도 괜찮을 줄만 알았다.

하지만 책방을 열고 시작되는 하루는 여느 회사원의 하루와 크게 다르지 않았다. 어떻게 보면 야근이 더 잦은 일이라고 해도 무방했다. 일주일이 주말 없이 평일로만 이루어지나날이었다.

책방 문을 열고 뒷문 오른편에 위치한 전구 스위치를 올린다. 환해진 책방에 먼저 커피를 한 잔 내린다. 앞문을 열고 환기를 한번 시킨다. 그리고 다시 부엌으로 돌아와 내려져있는 커피를 마시면서 전날 올린 모임에 대한 문의가 있는지 확인한 후 하나하나 답변 메시지를 보낸다.

또 추가 입고된 책을 읽고 리뷰를 작성하고 추가 입고 목록을 메모지에 적는다. 그리고 틈틈이 이번 주 독서모임 책을 읽고 책에 대한 발제지를 만든다.

그리고 가장 중요한 하루의 일과는 손님을 기다리는 것이다. 사실 책 구입을 위해 찾아오는 손님은 많지 않았다. 어떻게 보면 구경하는 손님이 더 많긴 했다. 그래서인지 행여나 책 추천을 원하는 손님이나 독서모임에 대해 궁금해 하면 더욱이 반가웠다.

평소보다 말이 많아질 때가 딱 이때이다.

나중에 단골손님 분 중 한 분이랑 친해지고야 안 사실 이지만 자기는 독서모임 테마 중 하나인 치유독서모임을 하러 왔는데 내가 모든 독서모임에 대한 이야기를 다 풀어서 이야기해서 너무 당황했다고 했다. (우리는 한 달에 열 개가 넘는 독서모임을 진행했기에 열 개가 넘는 독서모임에 대한 설명을 한 것이다.)

그렇게 하루의 시간 중 대부분은 손님을 기다리는 일, 그게 가장 큰 부분이었다. 앉아서 기획을 구상하다가도 문 열리는 소리가 들리면 귀가 쫑긋해지고 무척 반가웠다. 그래서 책 손님이나 독서모임 손님들이랑은 자연스레 많은 대화가 오고 갈 수밖에 없었고, 그들은 스쳐가는 손님에서 나의 친구가 되었다.

한번은 명작 독서모임 『제인 에어』라는 책으로 독서모임을 한 적이 있다. 그중 미국에서 살고 계신 분이 이 책을 좋아해서 참여한 적이 있다. 책이 두껍다 보니 2회로 나누어서 진행했는데, 첫 모임 때는 책에 대한 이야기만 나누다가 두 번째 시간에 사실 자기가 미국에서 교수를 하고 있는데 제인 에어에 관한 과목을 가르치고 있는 수업이 있다고 했다. 그러면서 제인 에어의 번역본에서 어색한 번역, 그 당시의 시대 상황을 말해주면서 두 번째 모임을 가졌었다. 나는 그때 두 시간 내내 경청하면서 들었다. 그리고 하나의 책을 가지고 이 만큼의 지식으로 풀어 낼 수 있구나 하는 생각에 감탄하게 되었다.

더군다나 이걸 수업으로 듣는다면 한 학기 동안 들으면서 공부해야 하는데 그 속엔 뭐가 더 들어있을까? 궁금하기도 했다. 그래서 추가 모임을 부탁하려 했지만 그분은 곧 미국으로 떠난다고 하셔서 많이 아쉬워했었다.

모든 모임은 사실 어떤 테마로 하던 결국에는 책에서 나오는 사람들이 살아가는 이야기에 공감하면서 우리들이 사는 이야기를 하다가 끝을 맺는다.

가족과 친구 등 각자의 인생 이야기와 책에서 만난 이야기들이 밖으로 꺼내져 서로 만나면서 우린 약간은 공적이게 만나 사적으로 서로를 알아가는 이야기를 친구처럼 그렇게 모임을 이어나갔다.

「 026 」

그런 책방의 하루하루가 지나서 소중한 인연을 만날 수 있었다.

전업 시인?

김

나는 시를 발표하고 문예지에서 청탁을 받기 시작했다.

그때 나는 영어 공부방을 하고 있었는데 폐업 신고를 하기로 마음먹었다.

"글쓰기에 전념하고 싶어서요."

다른 작가분들이 나의 계획을 듣고 "무슨 소리야? 다시 생각해 봐." 웃으며 말렸다.

폐업 신고를 했다. 시인들의 수입이 얼마쯤 되는지 모르는 것도 아니었다. 한번은 가장 유명한 곳의 원고료를 아빠에게 알려준 적이 있었는데 아빠가 잠시 말을 잃으셔서 나는 오히려 그 반응에 말을 잃었다.

아무튼 폐업.

글쓰기에 전념하고 싶은 건 그냥 내 진심이었고 비장한 각오 같은 건 아니었다.

영어를 가르치는 일을 좋아했지만 매일 마음껏 글을 쓰면 좋지 않을까?

좋지만은 않을 거라는 걸 알고 있었다.

글이라는 게 산에 들어가서도 외국으로 떠나서도 작업실을 구해도 안 써지면 안 써진다는 얘기를 수없이 많이 들었고 나도 경험한 바가 있었다.

이내 감당할 수 없는 불안이 몰려왔다.

영어를 가르치는 일은 힘이 많이 필요했다.

수업을 하는 동안은 다른 생각을 전혀 할 수 없다.

영어 수업 덕분에 하지 않았던 생각이 많아지면서 생활이 훨씬 우울해졌다.

그럼에도 그때 폐업 신고는 정말 잘한 일이었다.

친구를 만나 다시 어떤 일이라도 시작해야겠다고 말했다. 감정적으로 불안한 상태에서 벗어나고 싶었다. 그리고 며칠 후 낭독회 관련 회의가 있었다.

일요일 저녁까지 오픈하는 책방 핏어팻(pit a pat, 두근두근이라는 뜻)으로 약속을 잡았다. 먼저 도착한 나는 사장님과 인사를 나누고 있었는데 책방을 봐줄 작가를 찾고 있다는 것이었다.

"저를 찾으세요."

나는 손가락으로 나를 가리켰다.

책방을 너무나 좋아하는 나는 빈 상가만 보면 '저기에 책방을 오픈하면 어떤 구조가 될까?'를 상상하는 사람이었다. 책방 다락에 있는 좌석에서 낭독회 회의를 잘 마치고 내려왔다. 사장님은 당장 근무 시간과 내가 맡아야 할 일 등을 말해주셨다.

"호, 혹시 커피 마셔도 되나요?"

"커피요? 당연하죠. 다섯 잔 드셔도 돼요."

그렇게 나는 너무나 예쁜 책방에서 글을 쓰는 생활을 시작하게 되었다.

지금 생각해 보면 폐업 신고는 나의 태도였다.

로망이었던 책방 일을 바로 시작할 수 있는 상태가 되는 태도.

나는 그렇게 에너지가 넘치는 사람이 아닌데도 책방에서 일하는 동안 두 권의 책이 출간되었고 새 시집 한 권의 원고를 썼다. 그리고 좋은 인연을 많이 만났고 이 글도 쓰게 되었다.

좋아하는 일을 하면 행복할까?

어떤 일을 좋아하는지 어떤 사람인지에 따라 답은 다를 것이다. 나의 경우 좋아하는 일을 '하기로 해야' 크고 작은 기쁜 일이 나에게 일어났다.

조용한 손님

이

유독 말이 없던 손님이 있었다. 그는 대학생이라고 말했고 늘 수줍은 표정으로 들어왔다 수줍게 나가는 손님이었다. 말 한마디를 할 때도 조심스러웠으며 실례가 되지 않는 행동들도 행여나 무례하다고 느껴질까 봐서인지 예의를 많이 차렸다. 나중에는 매주 한 번을 빠짐없이 찾아오는 손님이 되었지만 그와의 첫 만남은 스쳐가는 손님 중 하나이겠거니 싶었다.

오픈을 한 지 얼마 되지 않아 찾아온 그는 조용히 찾아왔다.

“따뜻한 카페모카, 하나 주세요.”

그는 여름엔 아이스 카페모카, 겨울엔 따듯한 카페모카 이렇게 두 가지의 주문만 했었다.

그렇게 여러 번 방문이 이어지고 나도 창가에서 그가 보여도 누군지 알 수 있었다. 어느덧 쿠폰 도장에는 열 개가 찍혀있었다.

내가 더 기쁜 마음으로 그가 주문할 때 말했다.

“오늘은 무료쿠폰 쓰셔도 돼요.”

그가 여느 날과 다름없이 수줍게 말했다.

“아… 음… 저 그럼 아이스 아메리카노로 주세요.”

그때 당시에는 몰랐지만 무료로 마시는 음료에 그가 아이스 아메리카노를 주문한 건 작은 배려였다.

그리고 음료를 가져다주면서 말을 건네 보았다.

“자주 봬요. 근처에 사시나 봐요?”

평소 과묵한 표정으로 무뚝뚝하게 대답했다.

“네.”

대답은 그게 끝이었다.

나는 용기 내서 말을 더 걸어보았다.

"일부러 엿본 건 아닌데 책을 엄청 많이 읽으시네요. 하루에 꼭 한 권은 읽고 가시는 것 같아요."

그의 독서를 알아주어서인지 그제야 말문이 조금 트인 그와 책에 대한 이야기를 30분 정도 주고받았다. 딱히 장르를 가리지는 않지만 시집을 좋아한다고 말하고는 가방에서 『입술을 열면』이라는 김현 시인의 시집을 꺼내 내게 추천해주기도 했다.

나도 조금 더 적극적으로 '우리 책방 베스트셀러는요'라고 시작해 다양한 책들을 안내해주었고 그는 무심한 듯 꼬박꼬박 머릿속에 새겨놓고 있는 듯 집중했다. (나중에 안 사실이지만 그는 내가 추천해준 웬만한 모든 책을 읽어왔다고 한다.)

그렇게 잠깐을 이야기하고 나서 내 자리로 돌아와 책을 읽었다. 마감이 다 될 즈음에서야 그는 내게 와서 수줍게 물어보았다.

"여기에서 모임 많이 하는 것 같던데 뭐 있나요?"

나는 환한 미소로 평소 뽑아둔 유인물을 준 후 차근차근 설명해주었다.

그 당시 가장 인기모임이었던 '치유독서모임'을 적극 추천하였지만 그가 선택한 모임은 특정 작가의 작품을 선정하여 읽는 독서모임이었다.

나는 많이 당황했다. 왜냐하면 열 개 남짓한 모임 중에서 유독 그 모임이 모객이 되지 않아 빼야 하나 고민하려는 찰나였기 때문이다. 하지만 그 정황을 말하기에는 그의 실망한 표정을 볼 수가 없어서 당황스러움을 감추고 흔쾌히 참여 가능하다고 말했다.

그리고 남은 2주 동안 어떠한 모임보다도 모객에 힘썼고 마지막 하루 전날까지도 최선을 다했지만 결과는 단 한 명 뿐 그를 제외하고는 참여자가 없었다.

나는 고민하다가 문자 한 통을 보냈다.

'○○ 님, 죄송합니다만, 이번 모임은 모객이 쉽지 않은 관계로 불발해야 할 것 같습니다.'

그리고 두 번째 메시지를 보내려고 작성 중이었다.

'혹시나 양해 가능하시다면 다른 모임으로…'라고 치는 순간 바로 답장이 왔다.

'괜찮습니다. 다른 모임들도 많으니 찾아보고 연락드리겠

습니다. 모임 기획도 하셔야 하는데 모객까지 신경 써야 하고 고생이 많으시겠어요. 힘내세요.'

그리 길지 않은 문자 답장에 나는 너무나도 큰 감동을 받았다.

사실 속으로 매번 속앓이 했던 적이 많았다. 대체적으로는 웬만한 모임 손님들이 좋으신 분들이 많았지만 간혹 배려하지 않고 말을 하는 분들이 있어 속상했던 적이 많았기 때문이다.

그래서 더욱이나 모임 기획과 모객의 힘든 점을 알아주니 고마웠다.

나는 원래 쓸 말을 지우고 다시 메시지를 보냈다.

'말씀만이라도 너무 감사드립니다. 작은 부분까지 헤아려 이해해주신 점 다시 한번 진심으로 고맙습니다.'

그리고 그는 책방을 닫기 전날 하루 직전까지 방문해준 감사하고 기억에 남는 손님이 되었다.

책방이 있는 마을은 괜찮아

김

작년 여름, 나는 남편 케빈과 함께 유럽에 3주 다녀온 후 체중이 4kg 줄었다. 케빈 사촌의 결혼식 때문에 가게 되었는데 장거리 이동이 많아서 장소를 옮길 때마다 적응력을 최대치로 발휘하느라 살이 빠진 것 같다.

여행이 막 시작되었을 때 아직은 설렘만이 가득한 상태로 책방 두 곳을 들렀다.

그런데 지금은 마지막에 본 책방에 대한 추억을 이야기하려고 한다.

"혹시 괜찮다면 저는 혼자 카페에 가서 작업을 좀 해도 될까요?" 잘 모르는 마을로 향할 때마다 첫 번째로 내가 물어본 것이었는데 케빈 가족의 곤란한 표정만 돌아왔다.

한 번은 도착해 보니 국립공원이 아닐까 싶은 대자연 속의 작은 마을.

걸어서 한 시간 정도 가면 카페가 하나 있기는 한데 술에 취한 사람들이 흡연을 하고 있을 거라고 했다. 혹시나 하고 들러 봤는데 역시나 한국의 카페와는 다른 분위기였다. 그곳에서 원고를 쓰기는 힘들 것 같았다.

그러다가 우리는 어떤 작은 공업 도시에 도착했다. 굴뚝에 연기가 나오는 건 봤지만 불이 활활 타고 있는 건 처음 보았다. 구글 지도를 켜보니 근처에 공장이 많이 나왔다. 그렇다면 사람들이 많이 사는 안전한 곳이 아닐까?

그러나 거리는 텅 비어 있었고 공장 지대에서 흘러나온 매연 냄새가 났다. 아직 이른 저녁이었는데 문을 연 식당도 딱 한 곳밖에 없었다. 사람들이 다 거기에 모인 건지 줄이 길었다.

그때까지도 나는 이 마을이 평범한 마을일 거라고, 유럽 대부분의 상점이 여름휴가 때문에 문을 닫는다고 하던데, 그래서 조용한 걸 거라고 생각하고 싶었다.

그런데 조금 떨어진 테이블에서 어떤 사람이 종이에 뭔가를 말고 있었고, 영화 속에서 봤던 불법 약물 같았다. 주변 사람들 표정도 겁에 질려 있었다. 우리는 포장한 음식이 나오자마자 서둘러 숙소로 돌아왔다.

드디어 나는 '혼자 카페에서의 작업' 같은 건 단념했다.

우리는 놀라지 않은 척하면서 숙소에서 그냥 티브이를 틀어놓고 쉬었다.

"프랑스 사람들은 어떤 프로그램을 보고 사나?" 나는 작은 목소리로 말했다.

유럽에 갈 때 치안에 주의해야 한다고는 들었다. 관광지에서 휴대폰을 조심하는 정도로 생각했는데 모르는 곳에서 혼자 다닐 생각은 아예 하지 말라고 했다.

(카페에서 유럽의 풍경을 벗삼아 글로 쓸 수 없다니…)

나는 갑자기 겁이 나고 슬펐다.

결혼식이 있는 최종 목적지에 도착했다.

여기는 어떤 도시일까?

아름다운 건물, 생기 넘치는 상점들을 봐도 아직 안심할 수 없었다. 공예품 가게들이 늘어선 바닷가 언덕길에 버스킹 공연이 있었다. 그리고 책방이 보였다.

나는 케빈에게 "저 간판은 뭐라고 써 있어?"라고 물었다.

"주머니 속의 단어들." 케빈이 대답했다.

독립 문예지《영향력》의 시 창작 키트가 떠올랐다.

트리스탄 자라의「다다이즘 시 쓰기를 위하여」에서는 신문에서 당신의 시에 알맞겠다고 생각되는 기사를 골라 가위를 들고 조심스럽게 자르라고 한다.

그리고 주머니에 넣어 조용히 흔든 후 조각을 하나씩 꺼내어 쓰면 당신과 닮은 시를 쓸 수 있다고.

《영향력》은 이 시 쓰기 방법을 차용해서 시 창작 키트를 만들었는데 나는 한 행사에 갔다가 그 키트로 시를 써본 적이 있다.

'주머니 속의 단어들'이라는 책방 이름의 뜻을 알고 나서 숙소로 갈 때까지 케빈과 나는 다다이즘을 이야기했다.

서정시는 정말 현대인의 삶을 담기엔 단조로울까?

현대시는 어렵기만 한 걸까?

이 주제는 반복해서 이야기해도 늘 신선한 기분이 든다.

'혹시 이 책방에서 다다이즘이 태동하진 않았을까?'

'그렇지 않더라도 책방 주인은 분명 시를 사랑하는 사람이겠지.'

이런 생각들이 낯선 도시에 대한 적개심과 두려움을 달래주었다.

'조심하고 또 조심해야겠지만 이런 책방이 문을 닫지 않는 곳이라면 잠시 안심해도 괜찮겠지?'라고 생각하면서 기분 좋게 하루를 마무리했다. 내 주머니 속에서 책방의 의미를 하나 더 꺼낸 여행이었다.

Librairie

좋아하는 일을 하면 행복할 수 있을까?

이

책방에 꽂혀있는 책들을 제약 없이 읽을 수 있다는 건 행복한 일이다.

사람한테 책이 필요한 순간이 늘 있기 때문에 아무 날 책방에서 보내는 하루는 어쩌면 꼭 필요한 하루이지 않을까 생각하곤 한다.

그래서 평소 허전함을 달랠 때 책이 메워주는 가득함 때문에 어떤 하루에 책을 들고 카페를 찾을 때가 많았다. 그리고 시간을 두지 않고 조용히 책을 읽었다. 머리가 복잡할 때는 대형서점에 들러 어슬렁 걸어 다니면서 책장에 꽂혀 있는 책들을 구경하고 있으면 산책하는 기분이 났다. 그럼 생각이 금세 달아날 때가 많았다.

그래서인지 책방을 열고 난 후에 책방에 있는 시간엔 항상 뭔가 가득한 마음으로 내 공간에 있으리라 생각했다. 그런데 생각보다 매일 아침마다 만나는 책은 낯설었다.

추위에 벌벌 떨다 따듯한 물에 몸이 녹는 것과 다르게 갑자기 찾아온 봄에 미지근한 차 한잔은 어색하면서도 꽤나 지루한 하루가 되어버렸다.

그런 탓인지 웃프게도 책방에 책을 골라 읽고 싶은 책이 생기면 책방을 닫고 집에 가서 읽는 경우가 허다했다. 그래서 입고된 새 책 중에 몇 구절이 딱 꽂힐 때면 꼭 마저 다 읽지 않고 가져가서 읽는 버릇이 생겼다. 아이러니하게도 책방에서 마저 읽지 않는 책이 나만의 베스트셀러가 되는 기준이 되어버렸다.

재밌는 일화가 있었는데 인근 대학에서 수업 과제를 하러

나온 학생들이 있었다. 학생들은 우리 책방의 베스트셀러라는 책장 코너를 보고 나서 어떤 기준으로 선별하느냐고 물어왔다. 그 질문에 대한 나의 대답은 '지금 읽고 싶지 않은 책'이었다. 사실 그 속을 파헤쳐보면 지금 마저 다 읽지 않고 꽁꽁 싸매 집에 가서 한 글자씩 간직하면서 읽어야지 하는 나만의 언어였다. 생각해보면 괴상한 답변이었지만, 사실 처음에는 그렇게 대답하면 궁금해하면서 그에 대해 물어봐 줄 줄 알았지만 바로 다음 질문을 하는 바람에 설명하지 못한 채로 넘어갔던 기억이 있다.

익숙하게 찾아온 책보다는 갑자기 만나는 책이 사실 더 좋기는 하다. 그렇듯 사람 마음이라는 게 참 우습다. 좋아하는 일을 한다고 항상, 매번 좋다고 하는 건 단순한 게 아닌 것 같다. 그래서 난 책방을 닫고서 부딪힌 공허함에 힘이 들기도 했지만 시간을 조금씩 가지면서 익숙하게 느끼려고 노력했다. 이전엔 책방에 매일 있는 게 어색했는데 이제는 책방에 가끔 가는 게 어색해진 것처럼, 다시 익숙해질 필요가 있었다.

책방은 내게 좋고 행복하다는 것 속에 부족한 마음도 채울 줄 알아야 함을 가르쳐 줬고 가장 익숙한 것에서 행복이 숨어있다는 걸 말해주었다. 누군가와 좋아하는 것에 대해서 이야기를 하면서 마음이 편하고, 익숙하게 마주치는 일상에서 보내는 나날들 속에서 곳곳에 숨어있는 행복을 찾아내고 보관하는 일이 모든 면에서 행복을 행복하게 해주는 일인 듯하다.

동선

김

책방에는 두 개의 문이 있다.

출근할 땐 후문을 통해 들어선다.

후문 바로 옆면 벽에 모든 스위치가 있다.

버튼을 누르면 탁 탁 탁 탁 경쾌한 소리가 난다.

우유 스팀기에 사용하기 위해 전날 깨끗하게 세탁해둔 면 행주가 뽀송뽀송 말라 있다.

오늘의 판매를 담당할 포스기 전원을 켜고 프로그램이 열리길 기다리는 동안, 나는 발꿈치를 들고 정문을 오픈한다. '책, 맥주, 커피'가 안내된 입간판을 문 옆에 내놓고 잔잔한 음악을 튼다.

냉난방기를 켜면 오픈 준비는 끝이다.

3분이면 오픈 준비가 끝난다. 혹시 청소라도 해야 할까 싶어 돌아보지만 깨끗하다.

사장님이 자신이 청소를 다 할 거라면서 아예 청소 도구 위치도 안 알려주셨다.

여러 직장에서 근무해 보았지만 이렇게 동선이 편한 곳은 처음이다. 가게를 한번 쓱 — 둘러보면 구석구석 사장님의 고민과 배려가 느껴진다.

'이렇게 좋은 공간을 더 많은 사람들이 누리면 좋을 텐데!'

커피를 내려서 창가 자리에 앉아 잠시 책을 읽는다.

책방 앞엔 찻길이 없고 인도만 있다.

그렇기 때문에 지나가는 사람들의 모습도 달라 보인다.

그런 풍경을 보고 있는 게 뭐랄까, 그냥… 너무 좋다.

그럼 자연스럽게 '나만 이렇게 호사를 누려서 어떡하지?' 하는 생각이 든다.

자리에서 일어나 칠판에 이번 달 행사를 좀 더 보기 좋게 쓴다. SNS에 사진도 올린다. 손님에게 더 잘 안내해드릴 수 있도록 책도 다양하게 읽는다. 그러면 누군가 문을 열고 들어오는 것이다.

이렇게 좋은 공간이 마련되어 있는데 책이 많이 안 팔리는 이유는 무엇일까? 이건 정말 많은 사람들이 궁금해하는 문제인 것 같다. 왜냐하면 책방에서 일하는 나를 찾아온 지인분들이 꼭 이 이야기를 꺼내기 때문이다.

나도 잘 모른다. 다만 떠오르는 일들은 있다. 케빈은 스마트폰을 사용하기 전에는 늘 책을 읽는 사람이었다. 읽는 장르는 나와 다르지만 같이 서점도 가고 독서를 하며 시간을 보냈다. 그런데 스마트폰과 동시에 책을 거의 읽지 않게 되었다. 비슷한 사례를 몇 명 더 말할 수 있다.

물론 스마트폰을 사용하면서도 책을 꾸준히 읽는 분도 많이 알고 있다. 책을 더 많이 읽기 위해 스마트폰을 안 쓸 수는 없지만, 스마트폰만 두 시간 하는 것보다 스마트폰 한 시간, 독서 한 시간을 하는 것이 훨씬 건강에도 좋을 것 같다. 그렇지만 사람들에게 잔소리로만 들릴까 봐 혼자만 생각한다.

올해는 진짜 재미있는 책이 너무 많이 출간되었다.
책값이 전혀 아깝지 않았다.

'나만 이렇게 호사를 누려서 어떡하지?'

남의 일기장

이

월요일 저녁에는 일기 쓰러 사람들이 모인다. 고민을 글로 옮기다 보면 그 자체만으로 해소가 될 때가 많기 때문에 만든 모임이었다. 보통 대부분의 모임에서는 말을 하지 않는 시간보다 말하는 시간이 더 많았다. 하지만 월요일 저녁 이 시간은 말을 하지 않는 시간이 더 길었다. 종이 한 장만 놓인 그 시간은 말을 줄이고 생각을 정리해주기에 좋았다.

사실 처음에는 이 시간이 조금 어색하거나 지루하지 않을까? 고민이 많았다. 혼자가 아닌 시간에 혼자가 쓰는 글이라 낯설지 않을까? 그렇게 한 번, 두 번 매주 모이다보니 사람들에게 월요일은 짧게는 하루의 시작, 길게는 일주일의 출발 혹은 지난 시간을 짚어보는 날이 되는 걸 새삼 느낄 수가 있었다. 나 또한 마찬가지로 월요일에는 해가 막 지기 시작하기 전부터 정리하는 시간을 갖게 되었다.

우린 항상 저녁 여덟 시에 모였다. 한 시간 동안은 글을 쓰고 남은 한 시간은 일기에 적어 놓은 자신의 이야기를 말했다. 재미있는 건 처음에 말하기를 부끄러워하던 사람들도 시간이 점차 지나자 자신들의 이야기를 편하게 꺼내 주었다. 그리고 꺼내기 힘든 이야기도 선뜻 말해줄 때 그들의 이야기에 더 공감할 수 있었다. 단지 쓰고 말하고 하는 시간만 만들었을 뿐인데 얻고 가는 게 많은 시간들이었다.

특히 우리 책방에 자주 놀러 오던 스무 살 청년이 글을 잘 썼다. 기회만 된다면 그의 책을 편집해보고 싶다는 생각까지 들었다. 그는 가벼운 마음으로 와서 묵직한 무언가를 남겨 놓고 가는 손님이었다.

그래서 그가 남긴 월요일의 글 중 하나를 남겨보고자 한다.

난 왜 여기 있는 걸까

난 왜 여기 있는 걸까. 이제야 깊은 우물에서 눈길을 돌렸다고 생각했는데 햇빛이 너무 부신 탓일까, 적어도 달빛이 있을 때 고개를 돌렸어야 했던 걸까. 모르겠다. 더 이상 우물에 비친 사내의 얼굴을 보고 싶지는 않은데 지금은 눈이 부셔 아무것도 보이지 않는다. 시간이 지나도 눈이 쉽사리 떠지지 않는다. 발걸음을 옮기고 싶지만 방향을 잃은 발은 계속 제자리를 맴돈다. 시간이 더 필요한 것 같다. 그래도 지금이라면 달빛 정도는 볼 수 있지 않을까.

아마 난 어디론가 가야 한다. 왜인지 몰라도 어디론가 가야 한다는 생각이 내 발을 이끌었다. 가고 싶은 게 아니라 가야 하는 거다. 뒤에서 누군가 내 등을 밀지 않았지만 걸을 때마다 앞으로 무게가 쏠린다. 어느 순간부터 발자국을 지웠다. 한 발자국 나서면 뒤로 돌아 흙으로 발자국을 덮었다. 의미 없는 짓거리지만 의미 없는 행동을 한다는 의미가 있었다. 발자국을 지우는 일을 하다보면 흙으로 덮인 묘들이 날 따라오는 듯해 괜스레 뿌듯하긴 했다.

아버지가 죽고 나서 아니, 아버지의 암 소식을 듣고부터 내 시간은 멈춰있었다. 2017년 5월쯤이었나. 아마 그때부터였다. 사실을 부정하고 받아들이고 곱씹는 과정을 거치면서도 내 시간은 멈춰있었다. 나이로는 어른이 되었다. 술도 마실 수 있고 담배도 살 수 있지만, 아직 어색하다. 술 몇 잔 마시고 담배 몇 개비 피운다고 해서 어른인 건 아니니까. 내 시간이 멈춰있었다고 인지한지는 꽤 오래되었지만 인정한지는 얼마 되지 않는다. 인정하기 전에는 무시했다. 내가 왜 여기 있는지 생각하지 않고 어디 있어야 하는지 알려고 하지 않고 생각 없이 살았다. 저 앞에서 강의하고 있는 교수가 왜 있는지 나는 왜 여기 앉아서 수업을 듣고 필기를 하는지 의심하지 않았다. 흔히들 말하듯이 내 행동에 내가 없었다.

내가 없는 내 삶이지만 아예 없지는 않았다. 여름방학, 손이 책을 집은 건 거의 유일한 '내' 행동이었다. 다행이었다. 강의도 없었고 매일매일 여유롭게 지내다 보니 손이 심심했던 것 같다. 한두 권 손에 집힌 책 표지의 종류가 다양해지면서 그만큼 생각했다. 인지하고 있지만 무시했던 그 사실을. 좋아하는 작가도 만나러 가보고 여러 사람들이랑 혜화동 독립서점에서 독서 모임도 가졌었다. 처음으로 내 삶을 진지하게 말해보기도 했다. 많은 얘기들을 들었고 많은 말들을 하고 많은 것들을 보고 듣고 생각하고 곱씹었다.

'앞으로'라는 말을 싫어했다. 정확히는 그 뒤에 붙는 것들을. 특히 긍정적인 말들을 가장 싫어했다. 마음에도 없는 희망차고 의미 있을 만한 말들을 만들고 해야 한다는 게 고통스러웠다. 물론 나도 알고 있다. 그렇다고 끔찍하고 절망적인 말을 붙여야 한다는 게 아니다. 하지만 이제껏 일들이 지금도 정리되지 않은 마당에 앞으로를 얘기하기가 거북했다. 긍정적이고 희망찬 말을 할수록 정리되지 않은 과거들이 내 입을 찌르는 듯했다. 무엇이 맞는지는 어렴풋이 알고는 있었다.

이런 글을 쓰고 있는 와중에도 사실 잘 모르겠다. 하나부터 끝까지 누군가 다 알려줬으면 좋겠고 이렇게 하면 된다 저렇게 하면 된다라고 말해준다면 편할 것 같기도 하다. 그래도 적어도 이거 하나 만큼은 알겠다. 왠지 삶은 모르면서 살아가는 것 같은걸. 어제도 몰랐고 오늘도 모르고 내일도 모르겠고 그러다 언젠가 몰랐다는 사실을 깨닫고 그 다음날에는 알아야지 하면서 오늘 밤 일기에 쓰는 거. 수많은 사람들이 인생에 대해 떠들고 설파한다. 어쩌다 보니 나도 그 중 하나가 되었다. 한때는 그들을 가장 싫어했는데.

직면하는 것이 가장 어려웠다. 직면 그 뒤에는 반드시 반성, 성찰 같은 단어들이 따라오기 때문에 힘들었다. 나를 스스로 바라볼 때 절대로 객관적일 수 없다. 아무것도 모른다는 사실을 인정하기가 가장 어려웠다.

무지 속에서 살아가며 내 삶의 첫 페이지를 20년 만에 장식한다.

어제도 몰랐고
오늘도 모르고
앞으로도 모를 것이다.
하지만 내가 당신 나이가 되면,
내가 본 당신의 마지막 모습일 때 나이만큼 산다면
술잔에 든 술만큼은 삶이라는 걸 알 수 있지 않을까.

그의 일기장을 읽고 나는 한참동안 아무 말도 할 수가 없었다. 그를 위로해주고 싶기도 하고 따뜻한 말을 건내고 싶기도 했지만 의미없는 긍정적인 말로 그를 위로하고 싶지는 않았다.

일기쓰기 모임이 끝난 후 나는 그에게 시집 한 권을 선물했다. 말로 다 표현할 수 없는 내 마음의 진심을 책 한 권으로나마 대신하고 싶었기 때문일지도 모른다. 이 책방의 공간이 그에게 따스함을 주는 공간이 되기를 바라본다.

누군가가 나를 챙겨준 기분

김

걷기를 예찬하는 책을 읽고 있다. 매일 걷는 내용이다. 여름에도 걷고 겨울에도 걷고 걸을 때 좋은 점과 걸을 때 더 좋은 점을 담고 있다. 나는 얼마 전에 런닝머신을 시작하면서 이삼 년 만에 처음으로 꿀잠을 잤기 때문에 더욱 공감하며 『걷는 사람, 하정우』라는 책을 읽고 있다.

하정우라는 배우가 이토록 열심히 추천하는 게 재미있다. 겨울에 걷기가 불가능할 것 같겠지만 집에 돌아와 마시는

코코아가 최고라며 설득하고 있다. 너무 좋은 것을 꼭 널리 알리고 싶은 진심이 전해진다. 독서를 했을 뿐인데 왠지 누군가가 나를 챙겨준 기분이 든다.

나도 책을 추천할 때 비슷한 마음이다. 사실 난 책을 집중해서 오랫동안 읽지는 못한다. 연필로 밑줄을 긋거나 읽은 곳까지 표시하지 않으면 독서가 매우 힘들다. 그런데도 책을 좋아해서 항상 가방엔 책이 있고 읽는 책에 한껏 빠져 있다.

"대체 무슨 책이길래 그렇게 재미있게 읽어?"라고 물어오면 나는 책을 덮고 신나서 소개하게 된다.

문예창작과에 다닐 때는 문예창작과 다니니까 책을 좀 골라 달라는 부탁을 받았다. 부탁을 한 친구는 일 년에 책을 한 권도 안 읽거나 한 권 정도 읽는다고 했다. 그래서 가독성을 중심으로 다섯 권에서 열 권 정도의 리스트를 써 줬다. 책을 다 읽었을 때의 뿌듯함, 완독감은 독서의 큰 기쁨 중에 하나다. 여러 권을 읽어내고 한껏 신이 난 사람들이 추가 리스트를 써달라고 할 때 나도 같이 즐거웠다.

책방에서 손님에게 책을 권할 때는 한층 더 의미가 컸다. 책방 수익에 약간이나마 도움이 되고 싶었다. 내가 입고 신청한 책들이 거의 다 판매되었을 때 사장님이 말했다.

"와, 다 판매되었군요. 대체 어떻게 하시는 거예요?"

사장님도 책 추천을 잘하시면서 나를 응원하는 말이라는 것을 안다. 알아도 그 문장은 효과가 있었다. 사장님의 인정 덕분에 더 좋은 책을 잘 고르고 싶어졌다. 나는 칭찬을 조금 좋아하는 스타일이다.

'어떻게 하면 책방지기로서 책을 잘 추천할 수 있을까?'

동네에 과일 가게가 있다. 자주 갔었는데 요즘은 잘 안 가게 된다.

그 과일 아저씨는 떨이를 팔려고 하지 않고 신선하고 맛있는 과일을 권해주신다. 우리 집은 2인 가구라서 많은 양의 과일을 사지 않는다. 비싼 걸 골라도 가격 차이가 별로 안 나는 것이다. 자꾸 떨이를 가져가라고 하는 곳보다 여기가 좋았다.

그런데 자주 가서 그런지 아저씨가 말을 거신다. 이웃과 대화를 나누는 것도 정겹지만 때로는 그게 부담이 되어 발걸음을 돌리게 된다.

책방도 그렇다. 아무런 방해 없이 직접 책을 고르고 싶은 분이라면 책방지기를 상대하고 싶지 않을 것이다.

잔잔한 음악이 흐르고 커피 냄새가 코끝을 자극하는 책방. 발걸음을 옮길 때마다 새로 나온 책과 고전 소설이 수줍게 말을 건다. 세상엔 너무나 많은 책이 있지만 오늘의 나의 상태에 맞는 가장 적당한 책을 찾기 위해 집중한다.

때로는 작가의 풍부한 표현력에 풍덩— 빠지고 싶고 때로는 친근한 에세이를 읽으며 어깨를 누르는 부담감을 좀 내려놓고 싶다. 친구가 읽고 있는 책을 어서 나도 읽고 싶은 날도 있다. 손님이 서가를 거닐며 책을 살피고 있을 땐 조용히 나의 일을 한다.

그래도 적극적으로 안내를 할 경우는,

"독립서점이 뭔가요?" 하고 질문을 받을 때다. 손님들의 표정에는 호기심과 기대가 가득하다.

아직 독립서점이 어떤 곳인지 모르는 분들이 많다. 거의 매일 이 질문을 받았다.

나는 개성 넘치는 독립출판물 한 권을 보여주면서 창작자 분께서 기획부터 글쓰기, 판형부터 표지까지 대부분 직접 작업한 것이 '독립출판물'인데 작가의 개성이 뚜렷하고 획기적인 작품을 만날 수 있다고 말한다. 개인적으로 좋아하는 작품도 소개하고, 핏어팻뿐만 아니라 다른 작은 책방들도 알려준다.

생각보다 훨씬 많은 분들이 내가 권한 책을 기꺼이 구매해 갔다. 모쪼록 실망하지 않길 바라며 떨리는 손으로 건네드린다. 계산을 치르자마자 책방에 앉아서 책을 읽기도 하는데 나는 그 책을 쓴 사람도 아니면서 괜히 조마조마한 마음이 된다. 다행히 별로였다고 불만을 말한 분은 없었다. SNS 디엠으로 손편지 느낌 나는 감사의 메시지를 받기도 했다.

"정말 좋았어요. 이 책을 읽으러 오늘 여기 왔구나, 생각했어요."

떠나면서 남겨주는 그 한 마디.

책을 추천했을 뿐인데 서로를 잘 챙겨준 기분이 든다.

해리포터가 데려다준 추억

이

어느 날엔가 초등학생 여자아이를 둔 엄마가 자녀와 함께 책방에 와 한참을 마주 앉아 책을 읽다 간 적이 있었다. 엄마는 처음 문을 열고 들어와 내게 조심스럽게 책을 읽어도 되냐는 질문과 함께 음료를 주문했다. 나는 그런 분들을 위한 책을 미리 마련해두었다. 2층으로 가는 계단 사이 곳곳, 그리고 계단 옆 큰 책장을 짜서 평소 내가 읽던 책들을 다양하게 꽂아 두었다. 나는 그곳을 가리키며 원하는 대로 꺼내 읽어도 된다고 말씀드렸다.

2층으로 가는 계단은 경사가 조금 높다. 처음에 각도를 잘못 계산한 탓에 두 번째 계단까지는 늘 조심해야 했다. 특히 아이들에게는 계단을 올라가 책을 집기까지 꽤나 험난했다. 그래서인지 아이는 조심스럽게 한두 계단을 오른 후에야 책장에 손을 얹고서 한두 권씩 둘러보기 시작했다.

처음 고른 책은 『꾸뻬 씨의 행복 여행』이었다. 아마도 아이들에게 친숙할 것만 같은 이름의 꾸뻬 씨가 어떤 여행을 하는지 궁금한 모양이다. 그리고 한 권을 더 뽑아든 책은 『해리포터와 마법사의 돌 1』였다.

그렇게 아이와 마주한 두 권은 아이와 함께 위층으로 올라갔다. 아이의 탁월한 선택 덕분인지 꽤 오랜 시간이 지나서야 아래층으로 내려와선 해리포터 다음 책이 없냐고 아이가 물어보았다.

나는 아차 싶었다. 시리즈 책임에도 불구하고 덩그러니 한 권만 남겨둔 내 실수였다. 다음에 다시 올 때 내가 마련해두겠다고 말했고 아쉬운 표정을 뒤로한 채 가는 아이에게 미안한 마음을 건넸다. 그러면서 나 또한 초등학생 때 읽었던 해리포터 기억이 스쳤다. 그때 그 시절 엄청난 환상과 곧 호그와트에서 편지가 날아올 것만 같은 기분으로 읽고 또 읽고 몇 번을 읽었는지 모른다. 아이가 가고 난 후에 어린 시절 추억을 더듬고 싶어서 그 책을 집어 들었다. 한 권을 금방 읽고 나니 다른 편도 사놔야겠다는 마음이 굴뚝같았다.

그래서 근처 서점으로 곧장 향했다. 걸음으로 한 십 분정도로 꽤 가까운 위치였다. 걷는 동안 내내 설레었다. 아마 방금 전 그 아이도 엄마와 곧장 책방으로 향했을지도 모른다는 생각이 들자 지금 나와 같은 기분이겠거니 싶었다.

책을 읽다 보면 불쑥 추억이 찾아 들어올 때가 있다. 오늘난 이 아이 덕분에 어린 시절 추억을 만났고 그 기억을 만나러 책을 사러 왔다. 한동안 책장에서 무슨 책을 살지 고민하는 손님들만 보다가 오늘은 내가 책을 사러 온 손님이 되었다. 그리고 다른 기억이 담긴 책들도 찾으면서 오래된 추억을 떠올려보곤 했다. 새로 입고해야 할 책들이 쌓여 있기 때문에 보이는 책마다 사가지고 돌아올 수는 없지만 한 달에 두 번만 가서 몇 권의 책만 사왔다.

그곳에 가는 이유는 누군가에게 담겨 있을 추억과 내 추억이 담겨 있는 책을 찾기 위해서 자주 들렀다. 그리고 마음속 드는 바람이 있다면 누군가에게 내 책 또한 추억이 담겨 있었으면 싶었다.

몰입

김

사람들이 작은 책방으로 모인다.

시에 대한 이야기를 나누기 위해서다.

며칠 동안 쓴 시를 오늘의 참가자 수만큼 뽑아서 책방으로 온다.

이렇게 폭우가 오는데,

일요일 밤이 깊은데,

시험 기간이라면서도 온다.

해외 출장을 다녀와 아직 여독이 풀리지 않았을 텐데도 오고, 어제 두 시간밖에 못 잤다면서도 온다.

가까이 사는 사람도 있지만, 포천에서도 오고 인천에서도 온다. 세 번 환승해서 온다.

'왜', 난 감격해서 속으로 눈물을 흘리면서 '왜' 하고 묻는다.

이건 그냥 시 모임인데, 무슨 성적표나 수료증이 나오는 것도 아니고, 시 모임은 보름 후에 또 있을 텐데 왜 언 손을 입김으로 호호 녹이면서 두 볼이 빨개져서 우리들은 이렇게 모여 있지?

책방 참가자분들을 한번 둘러본다.

'사람들이 진짜, 시를 좋아하나…?'

하지만 나는 고개를 흔든다.

'아니야. 요즘 사람들은 시 안 읽는댔어. 착각하면 안 돼.

이분들은 아마,

동네에 한 명밖에 없는 시의 수호천사들이고,

오늘 하루만 여기에 우연히 모인 거야.'

하고 생각을 고친다.

나는 며칠 전에 「타이레놀의 어떤 연구」라는 시를 썼다.

좋은 것 같기도 하고 부족한 것 같기도 했다.

모임에서 함께 읽고 감상을 들었다.

어떤 분은 내 시에 나오는 공간에 같이 있었던 느낌이라고 했다.

어떤 분은 '등'이 전등을 의미하겠지만 사람의 등도 떠올라서 기분이 묘했다고.

마무리와 제목도 연결해서 읽어 주셨다.

'이 의도는 잘 전달이 되었구나,

들켰다,

와, 저렇게 읽을 수도 있구나!'

사람들의 말을 듣노라면

문장마다
연마다
장면마다
애정이 생긴다.
내가 쓴 게 시가 맞구나, 실감이 난다.

"저는 너무나 바쁘고 지쳐 있었어요. 그런데 이렇게 일 생각, 집 생각 완전히 잊어 본 게 얼마 만인지 모르겠어요."

한 참가자분이 말했다.

방금 뽑은 원고를 사람들에게 한 장씩 건네고, 사람들이 내 시를 읽는 일.

진짜 매번 떨린다.

떨리는 시 모임을 도도봉봉(도봉구 최초의 독립서점)에서 이어가고 있다.

연말이라 다들 너무 바쁠 것 같다.
사람들이 다음 시 모임을 올까?

「 070 」

올 것 같기도 하고 안 올 것 같기도 하고 모르겠다.

나는 뭔가를 쓰면서 기다린다.

이름 시 쓰기

김

에이미 님이 가져오신 책을 낭독한다.

헤르만 헤세가 난로와 대화하는 부분이다.

헤세의 난로는 이름이 있다.

'프랭클린'이다.

난로와의 대화인 만큼 아무리 지적인 얘기를 해도 따스하고 귀엽다.

'오늘도 기대보다 훨씬 멋진 책을 알게 되었네.'

작은 기쁨이 몽글몽글 차오른다. 책방 지구불시착에는 글쓰기 모임이 있다. 각자가 읽고 있는 책을 소개하고 낭독도 한다. 오늘은 다섯이 둘러앉아 감자튀김을 먹고 에이미 님이 헤세의 『겨울』이라는 책을 읽어줬다.

나는 다음 달까지 '이름 시'를 몇 편 써야 한다. 이름을 넣은 시, 이름에 관한 시를 쓰는 것이다. 그래서 헤세의 난로가 이름이 있다는 부분에서 귀를 쫑긋했다. 좋은 글을 쓰고 싶은 마음일 때 좋은 글에 더 집중할 수 있는 것은 좋은 덤. 얼마 전에 책방 gaga77page 사장님께서 '이름 시 시집'을 기획했는데 같이 작업하자고 연락을 주었다.

너무 반가웠다.

나는 엄마의 본명을 시에 쓴 적도 있고, 시에서 이름을 밝히진 않았지만 한 친구를 생각하면서 긴 시를 쓴 적도 있다. '이름으로 시를 써야지' 한 것은 아니었고 쓰다 보니 그렇게 되었다.

『테스』, 『제인 에어』, 『82년생 김지영』 이름을 제목으로 할 때 한 사람의 인생이 택배 박스처럼 구체적으로 나에게 전달된다.

나는 누구의 이름으로 글을 쓸까?
나와 엄청 인연이 깊은 사람?
그냥 지금 첫 번째로 눈에 띈 사람?

황당한 것은 성도 이름도 잘 기억 안 나는 사람들이 너무 우선적으로 떠오른다.
'이름에 관해 쓰는 거'라고 하니까,
'이름은 기억 안 나는 사람'과의 '거의 잊었던 추억들'이 생각나다니.
정말 알 수 없다.

이를테면 언젠가 새벽에 편의점에서 만두를 먹은 적이 있다. 봉투를 살짝 뜯고 전자레인지에 돌렸는데, 만두를 그렇게 먹어본 적은 그때뿐이다. 녹색과 빨간색의 그 만두 봉지를 뜯던 그 사람의 이름은 뭐였을까?

어릴 때 정말 좋아한 곰 인형이 있었다. 언니 친구가 준 인형이었다. 항상 안고 다녔다. 곰 인형의 눈 코 입, 초콜릿색 털은 너무 생생한데 이름은 기억이 안 난다.

'친구들과 같이 술을 마시는데 너 혼자 너무 안 마시는 것도 예의가 아니다!'라고 나에게 정색하고 가르쳤던 친구도 왜인지 떠오른다.

우리는 중학생이었는데….

친구의 말도 일리가 있는 거 같아 고개를 끄덕이며 편협한 나를 반성했었다. 아, 이 친구는 이름이 생각난다. 문득 안부가 궁금하다.

이렇게 시를 쓰기 위해 과거로 과거로, 과거로 다녀오는 일은 재미있지만 힘이 든다.

내 삶에 나타났다가 사라진 것들이 무슨 기준으로 기억에 남고 무슨 기준으로 망각되는지 알 수가 없다.

오글거리는 연애 시를 써 볼까도 했다.

보고 싶은 사람의 이름을 주술처럼 중얼거리고, 흥얼거리는. 주술은 어떤 '목적'을 가지고 있지만 사랑의 열병으로 이름을 자꾸 부르는 일은 딱히 목적도 없이 하는 일이기 때문에 주술처럼이라고 할 수도 없다.

지금 사랑하는 사람의 이름을 부르면 바로 나를 돌아본다.

오글거리는 시는 쓸 수 없을 것 같고 듬직한 시를 쓰게 될 것 같다. '누구를 쓰지?' 결정하지 못한 채 두 편의 시를 썼다. 항상 기대를 넘어서는, 의외의 글을 쓰고자 하면서도 처음 의도에 맞는, 기대를 배반하지 않는 글도 쓰고 싶어 계속 고민했다.

마감을 앞두고 시로 쓰고 싶은 사람이 떠올라 한 편을 썼다. 출연자가 마음에 들어해서 안심이다. 써두었던 시 두 편도 이번에 같이 퇴고할 수 있었다.

힘든 날이 길게 이어지고 있다. 상황이 어서 나아져서 책방에서 모여 책 읽고 싶다고 에이미 님과 톡을 주고받았다.

날개 달린 기분

김

좋아하는 일을 하며 살기로 했을 때 나에게는 엄청난 용기와 많은 응원이 필요했다. 그리고, 문득문득 고민이 찾아왔다.

국민연금, 연차, 퇴직금, 이런 거 없는데 과연 나의 미래는 괜찮을까?

그렇지만 어떻게 어떻게 포기하지 않고 계속 글을 썼고

지금도 쓰고 있다. 어떻게 그랬지? 생각해 보면 어김없이 떠오르는 강렬한 기억들이 있다.

몇 가지 강렬한 기억들 덕분에 불투명한 미래에 대한 고민은 되도록 안 하기로 했다. 안 하기로 했음에도 물론 자주 나는 자기소개서를 쓰고, 토익 시험을 쳤고, 공모전이 많은 연말이면 우울감을 달래며 보내야 했다.

그런 날이 있긴 있었다.
그렇지만 대체로
괜찮은 마음으로 글을 썼다.

우선, 작가가 되기로 결심하게 된 계기는 이렇다. 뭘 하고 싶어 하는지, 뭘 잘하는지 모른 채 대학에 입학했다. 학부제였기 때문에 2학년 때 전공을 선택할 수 있었다.

중국어를 잘하면 인생이 순탄할 것 같아서 '중국어과'로 들어갔다.

"어렵게 대학까지 갔는데 하고 싶은 공부를 해 봐."

어느 날 친구의 말을 듣고 충격을 받았다. 한 번도 그런 식으로 생각해 본 적이 없었다. 하고 싶은 공부가 뭘까? 고민을 하는데 막 설레고 신났다. 그렇게 처음으로 '문예창작과' 수업을 두 개 신청했다.

중국어과 수업에서는 이방인 같았는데 문창과 수업을 들으면 내가 있어야 할 곳에 있는 기분이었다. 친구들의 눈빛이 너무 편안했고 수업도 재미있었다.

조심스럽게 글을 쓰기 시작하자 주위 사람들이 자꾸 제대로 문학을 하라고 했다.

나는 '작가'란 직업은 '선택된 자'들의 영역이라고 여겼다. 친구들이 나에게 전과를 하라고 적극적으로 설득할 때면, '내 미래를 어떻게 책임지려고 이렇게 과감한 제안을 하는 걸까?' 하며 고개를 저었다.

문창과에는 어릴 때부터 작가가 되기로 결심한 사람들이 많았다.

확신에 찬 사람들을 가까이에서 보면서 나도 작가가 된

내 모습을 구체적으로 그려 보았다.

학창 시절, 그저 좋은 추억으로만 간직했던 선생님들의 칭찬과 상 받은 기억들을 소환했다.

본격적으로 할 수는 없다고 생각하면서도 글쓰기가 너무 재미있었다. 사람들의 글을 읽는 것도 내 글을 읽어주는 것도 어디에서도 느끼지 못했던 기쁨이었다. 너무 재밌어서 중력이 가벼워진 것 같았고 날개가 달린 기분이었다.

예술을 전공하겠다고 하면 세상 모든 부모님들이 반대하는 줄 알았던 나는 우선 전과 시험에 붙은 후에 부모님께 말했다.

실망은커녕 엄마는 좋아하시고, 아빠는 '어젯밤 꾼 꿈'을 얘기해 주며 일일 드라마로 쓰라고 하셨다.

이렇게 나는 작가가 되기로 했다.

대양에 떠 있는 뗏목

김

글을 쓰면서 살기로 결심하는데 영향을 미친 에피소드들을 하나씩 말해 보겠다.

첫 번째 떠오르는 것은 문예창작과에서 들은 특별 강연들이다.

“작가가 되기로 결심한 여러분들의 용기가 정말 멋있습니다!”

“이 사회에는 더 많은 작가가 필요합니다!”

계절이 바뀔 때마다 초청 강사로 오신 분들이 학생들을 엄청 응원해줬다. 좀 다른 길을 선택했으면 그에 따른 어려움은 자신이 다 책임져야 하고, 불안함과 외로움은 알아서 이겨내야 하는 줄 알았다. 이런 응원을 받을 줄은 몰라서였을까? 지금은 얼굴도 이름도 생각나지 않는 강사 분들의 경험담을 들었을 때 한결 정말 한결 덜 불안한 마음으로 글쓰기에 집중할 수 있었다.

두 번째 기억은 좀 무관하고 엉뚱한데 한 예술사 수업에서 들은 이야기이다.

“우리의 인생이 어떻게 흘러갈지는 전혀 알 수 없다. 삶이란 대양에 떠 있는 뗏목이 어디로 흘러갈지 예상하는 것에 가깝다.”

에이, 아무리 예측이 힘들어도, 그 정도로 우리가 내일을 모른다고?

처음에 그 말을 들었을 때는 이렇게 생각했다. 그런데 그 이후 나는 정말 일 년 전, 십 년 전에는 조금도 그려볼 수 없던 삶을 살아갔다. 프랑스계 호주인과 결혼을 하고 소설책이 아닌 시집을 내게 될 줄이야.

앞으로 무슨 일을 하며 살 것인가?
나에게 그토록 어려웠던 질문.

그 질문이 어렵기는 안정을 추구하는 사람들에게도 마찬가지일 것이다. 선생님, 공무원, 정규직 직장을 다니는 사람들 등 계획대로 미래를 설계하는 사람들도 이 질문을 치열하게 생각해 볼 수밖에 없고, 매일같이 새로운 곳으로 향한다.

몇 년 후에 사람들을 만나면 드라마틱하게 바뀐 직장에 다니거나 갑자기 먼 도시에 정착하기도 하고, 대기업을 그만두고 스타트업 회사를 차리기도 한다.

'나는 내가 하고 싶은 일을 하고 살 거야.'
마음먹기에는 너무 큰 결심, 너무 중대한 문제로 다가올지 모른다.

그러나 삶에는 너무 다양한 변수가 있어서 진로 선택 정

도는 삶의 방향을 조정하는 수많은 요소 가운데 단지 하나일지도 모른다.

어차피 우리가 탄 뗏목이 어디로 가 닿을지는 아무도 모르니까.

책방의 의미

이

책방을 닫으면서 책방의 의미를 많이 생각해본 것 같다. 책방 주인으로 있을 때는 찾지 못했던 아니 찾지 않았던 의미를 지나고서야 고민해보기 시작했다. 그리고 적적한 시간을 보낼 때 가끔 내 머릿속에 드는 생각이었다.

잠깐이지만 나에게 지난 시간 동안 책방이란 무엇이었을까?

시선을 책을 좋아하는 사람과 책방 주인과 따로 떼어놓고 떠올려 보았다. 그리고 단순히 개인적인 시간을 통해 책을 집었던 나와 책방에서의 나를 동시에 불러냈다.

손님이 가장 많이 묻는 말이다.
"좋은 책 추천 좀 해주세요."

비 오는 날이면 어김없이 다들 묻곤 한다.
"오늘 같은 날 어떤 책이 좋을까요?"

연인들은 가끔 혼자만 옆으로 슬며시 다가와서 물어본다.
"이별 책 말고 사랑을 소재로 한 책 추천 부탁드려요. 선물하려고요!"
그리고 항상 나는 고민한다. 두 가지의 감정이 떠오른다.
약간은 두렵고 조금은 막막하다.

책은 글과 글이 모여 있는 것이고 하나하나의 글에 자신이 의미를 담아 머릿속으로 생각하고 마음으로 이해하는 공간이다. 그래서 내가 생각하고 느끼는 이 지극히 개인적인 취향이 잘못 전달되면 어쩌지 도리어 걱정이 많이 들었다.

그래서 마치 시험공부 하듯이 평소 손님이 없는 한가한 날이면 추천 분야 책을 혼자서 공부하곤 했다. 내 나름 기준을 세워서 책을 진열했고 상황에 맞게 책을 추천해주곤 했다.

아마도 정답을 찾아주고 싶어서였는지 모른다.

책을 진열하고 나니 그래도 마음이 한결 편했다. 오랜 고민 끝에 나온 결과물은 보기 좋게 책장에 꽂혀 있었고 한 권씩 쏙쏙 빠져서 주인을 찾아갈 때면 마음이 뿌듯했다.

그런데 점차 다양한 손님들이 오고 가고 나이가 지긋이 많은 할머니, 쌍둥이를 둔 아주머니, 몸이 불편한 손님, 담임 선생님을 선두로 중학생 열대여섯 명이 무리 지어 문을 들어올 때 나는 또다시 두려웠다.

각자의 고민과 사연은 제각각이었고 그들에게 감명이 될 만한 책을 소개해주어야 한다는 사명감에 빠졌다.

지나고서야 생각하지만 우리는 살면서 명제에 대해서 답하기를 참 많이 권유받는 것 같다. 때로는 강요를 받는 경우도 있고 사람은 그에 대한 응당한 정답을 찾아야 한다는 사고를 많이 갖는 듯하다. 하지만 나에게 그런 기준들이 맞다 아니다로 많이 다가왔다. 누군가는 지나가는 사람들의 시끌벅적한 말소리에 쓸쓸함과 공허함을 느낄 수 있고 누군가는 그들 사이에 껴서 이야기를 주고받고 싶어 하며 또 어떤 이는 핀잔을 줄 수도 있다.

책, 책방, 그리고 인생 모든 것이 각자가 보는 세상이 있을 것이고 그 이면들 속에서 존재하는 개인적인 의미는 각자의 의미가 있을 것이다. 그래서 나에게 무엇이 무엇이었다라고 말한 만큼의 기준은 존재하지 않는 것 같다. 그리고 좋아한다, 좋아하지 않는다의 저울질은 내게 너무 낯설게 느껴졌고 그저 순간순간의 다름을 가지고 인생이 만들어져 나간다는 생각에 책방은 좋았다, 어떤 의미였다라고 나한테 말하기에는 너무나도 많은 순간들이 담겨 있었다.

그래서 나에게 책방은 하나의 인생이었다.

CHAPTER

2

괜찮지만은 않습니다만

식물에 물주는 일

이

집 앞에 자주 가는 카페가 있었다. 열 평 조금 남짓한 그곳에는 테이블이 딱 네 개뿐이다. 평일에는 한가한 때가 많지만 휴일 날 어정쩡하게 집에서 나설 때면 자리가 꽉 차서 돌아갈 때가 많았다.

네 개의 테이블에는 저마다의 얼굴이 있다. 입구에 들어서자마자 보이는 4인용 테이블 두 개는 밖이 보이게 개방되어 있어 둘둘 마주 앉아 이야기를 나누기에 참 알맞게 놓여있다. 가끔 혼자 앉아 창밖과도 눈빛을 마주하면서 테이블을 온전히 쓰고 싶었지만 다른 다수를 위해 양보하는 자리이다.

나는 콘센트가 위치한 구석 2인 테이블에 앉아 매번 책을 읽었다. 마침 구석 옆에 노래 엠프도 설치되어 있어 간혹 목청이 높은 손님들이 있어도 내 시간에 집중할 수 있어서 좋았다.

보통의 카페에서는 주인이 밖으로 잘 나오지 않았지만 여기 주인장은 매번 수시로 밖으로 왔다, 갔다, 왔다, 갔다를 내가 있을 동안만 수십 번 반복했다.

처음엔 조금 산만한 게 아닌가 싶을 정도로 또다시 예민하게 신경을 곤두세웠지만 하루는 화장실 갔다 오늘 길에 탐정마냥 주인장의 행태를 살피기로 했다.

대수롭지 않게 그 주인장이 매번 오고 가는 장소는 다름 아닌 화분들이 줄지어 있는 작은 마당이었다. 사실 입구를 들어오면서 화단을 잘 가꾸었단 느낌을 받았지만 평소 식물에 관심이 없던 터라 문 앞을 들어가기 전에 어떤 커피를 마실까? 하는 생각만 하면서 입구를 지나쳤다.

이후 조금 더 관심 있게 화단을 쳐다보게 되었다.
그 주인장은 어떻게 가꾸는지.

식물의 이름을 알면 참으로 좋으련만 직접 다가가 묻기에는 귀찮고 멀리서 화단 가꾸는 주인아주머니를 보니 마치 서로 다른 아가들을 다루는 느낌이었다.

어떤 식물은 물을 많이 주고 또 어떤 식물은 물을 조금만 주고 햇빛이 필요한 식물과 그늘에 있어야 할 식물들도 하나하나 구분하는 듯해 보였다. 그리고 그 주인아주머니의 화단 가꾸기에 가장 의문점이 들었던 순간은 식물들의 흙을 손으로 일일이 눌러주고 만져준 후 다른 화분으로 손을 옮길 때면 항상 손을 씻는다는 것이다. 도무지 궁금함을 참을 수 없어서 마침 짐을 싸고 나가면서 물어보기로 마음먹었다. 그리고 매번 화단을 마음속에 꾹꾹 담고 있었다는 듯이 물

COFFEE MENU
- ESPRESSO
- AMERICANO
- LATTE
- CAPPUCCINO
- MOCHA COFFEE

FEE & TEA

어보았다.

“여기 올 때마다 입구에 있는 화단이 참 눈에 많이 띄어요. 주인아주머니께서 식물 다듬을 때 보면 나도 키워볼까 그런 생각도 참 많이 들고요. 그래서 제가 오다가다 보면서 궁금한 게 있었는데 혹시 화단에 있는 흙을 손으로 만져주면서 옮겨갈 때마다 매번 손을 씻으시는 이유가 있나요?”

주인아주머니께서는 선뜻 대답을 안 하시고 망설이셔서 나는 괜한 무례한 질문을 했나 싶었다. 그러나 다행히도 금방 웃으시면서 대답을 해주셨다.

“음 이상하게 들리실 수는 있지만 사실 저한테 있어서 식물은 약간 반려동물 같은 느낌이에요. 나와 대화할 수 있는 것도 아니고 살아 움직이는 건 아니지만 그들이 말없이 조용히 커가는 걸 보면서 화단에 같이 있으면 마음이 너무 안정돼요. 왜 그런 거 있잖아요. 정말 친구랑 아무 말 없이 같이 있어도 편하고 좋은 느낌.”

대답을 듣고는 입구 앞 의자에 앉아 아주머니의 반려동물과 같이 한참을 앉아 있다 갔다. 아주머니의 식물들과 친해지고 싶어서가 아니라 주인아주머니가 가꾼 화단에서 내가 가꾼 책장과 책들이 머릿속을 떠나지 않아서였다.

살아있는 나무를 깎아 만든 책장에 미안하기도 하면서 책방에서 내 손길이 가장 많이 묻은 책장들이 떠올랐다. 처음 책장을 짤 때 가로 세로 높이를 몇 번씩이나 수정하면서 책이 알맞게 거주할 수 있도록 고심했던 내가 속으로 조금 기특하기도 하면서 내심 정리된 그곳이 그리워졌다.

주인아주머니의 손길에서 보인 그 정성은 각자 저마다의 소중함이 있다는 걸 느낄 수 있게 해주었다. 그리고 책방에 놓인 책장에 따듯한 말들을 놓고 간 손님들이 떠올라 고마운 마음까지 든 하루였다.

짧다고 느꼈던 지난 나의 책방은 이렇게 일상 속에서도 드문드문 떠오를 때가 있다. 쉽사리 떠나보내질 못하는 책방에 대해서 늘 아쉬움만 간직한 채로 지내왔는데 그냥 이대로 곁에 두고 싶을 때가 많았다.

그게 어떠한 무거움은 아니기에 그냥 흘러가는 대로 때론 책방과 맞닿아 있고 싶다.

낫다

김

화상을 입었다.

낭독회가 있는 날이었다.

시작하기 전에 같이 출연하는 연희 언니의 커피를 한 모금만 얻어 마시기로 하고 텀블러를 들었다.

입을 대지 않고 마시려고 공중에서 각도를 맞춰 입속에 커피를 부었다.

혀에 닿는 찰나 그대로 바닥에 뱉었다. 다행히 바로 옆에 누가 없었지만 있었더라도 똑같이 했을 것 같다.

그런 온도는 도저히!

많은 사람들 앞에서 입안의 것을 뱉다니.

뜨거움에 한 번 놀라고

느릿한 내가 즉각적으로 반응한 것에 또 놀랐다.

머릿속이 하얗고 연희 언니에게도 미안했다. 병원에 가야 할 것 같았지만 사람들이 입은 금방 낫는다고 해서 진정했다. 그리고 보름이 지나 괜찮아졌다.

데인 날은 혀의 감각이 엄청 이상할 뿐 아프지는 않았다. 까칠까칠 고양이의 혀랑 비슷했다.

다음 날 사람들이 말한 대로 살이 하얗게 오르고 혀 아래가 회색으로 변해서 징그러웠다. 시간이 지날수록 나아지는 게 아니라 점점 더 아팠다. 자꾸 손으로 턱을 만졌다. 혀 아래의 살이 턱이라는 것을 처음 인지했다. 뜨겁거나 자극적인 음식은 아예 생각할 수 없고 대부분의 음식이 먹기 불편했다.

그리고 가장 아픈 다음 날 통증이 사라졌다.

갑자기 사라졌다.

어떤 상처는 나을수록 점점 더 아프면서 나아지는구나.

중간에 낫는 거 맞아? 하며 덜컥덜컥 불안했는데.

컨디션도 안 좋고 우울감이 짙고 무거울 때

문득 "아, 나 혀 데였던 거 이제 괜찮지!"를 기억하는 것만으로도 감사한 마음이 들었다.

어제보다 더 아픈 사람은

열심히 낫고 있는 중이라서 그런 것이길.

싹 나아서 갑자기 통증이 사라지기를.

갈대

이

열흘 정도 연이은 행사가 있던 날이 있었다. 참석했던 손님들과 뒤풀이도 하다 보니 마음은 가벼워도 몸은 무거웠다. 겹친 고된 하루에 지친 일상을 풀어줄 무언가가 필요하다고 느껴졌다. 그래서 마지막 행사 날 모든 일정을 마치자마자 아무것도 하지 말아야지 하곤 집으로 곧장 향했다.

옷을 풀어헤치고 뜨거운 물로 샤워를 하면서 피로를 풀었다. 그리고 거실에 앉아 맥주 한 캔을 마시니까 지난 열흘이 머릿속으로 지나갔다.

빈 공간이 없을 만큼 뿌듯한 마음으로 앉아 있는데 우리 집 강아지가 말똥말똥 날 쳐다보고 있었다. 아마도 배가 고픈 모양이다. 간식 몇 개를 주고 나니 내 옆을 또 쫄랑쫄랑 따라오면서 애교를 부린다.

참된 아빠의 마음으로 놀아주고 싶었으나 나는 지친 몸을 이끌고 곧장 침대로 뻗어버렸다.

내 속을 아는지 모르는지 연신 입맞춤을 하면서 내 목 사이로 비집고 들어오니 콧등 위로 갈라진 갈색 털이 눈앞에 살랑거렸다. 그리곤 문득 어째서인지 내 앞을 살랑되는 털이 갈대밭처럼 보였다.

항상 나의 시선 아래에 머물던 이 작은 친구가 내 마음을 아는지 콧등을 비비고 있자니 왠지 모를 뭉클함이 위로로 다가왔다.

그러면서 홍이와의 첫 산책이 떠올랐다. 홍이는 낯선 길을 많이 무서워했다. 동네마다 산책 나온 강아지들과 인사하는 것도 많이 어색해했다.

한 석 달쯤 지나서였을까. 그제서야 오갔던 길을 익숙해하며 이제는 먼저 앞장서서 길을 나서고 돌아오는 길에 집이 코앞까지 다다르면 들어가기가 싫어 목줄에 힘을 꽉 주고 몸을 바닥에 웅크린 채 버티곤 했다.

이제는 꽤나 나와 걸음도 맞출 줄 알아서 같이 걷고 있다는 느낌을 많이 받는다. 홍이랑 걷는 것이 사람과 같이 노닥거리면서 걷는 것과 별반 다를 것이 없을 정도였다. 다만 약간의 다름이 있다면 홍이의 시선은 나보다 한참 아래에 있다는 사실이었다.

사실 누구와 함께 걸으면서 상대의 시선에서 걸음을 떼지는 않는다. 하지만 홍이와 산책을 하며 나갈 때 처음부터 마주하는 계단들부터 집 앞에 행여나 유리조각 밟을까 몇십 미터 가량 안고 나가는 내 모습을 보면 이제 나도 홍이의 시

선에서 꽃과 풀 내음새를 느낄 수 있었다.

낮은 세상들과 마주치다 보니 나 또한 작은 벌레 한 마리에도 길을 피해 걷게 되고 벤치에 앉아 잠시 쉴 때에 위로 보이는 하늘은 유난히도 높아 보였다. 항상 나의 시선에서 세상을 바라보는 게 당연하다고 살다가 이런저런 생각으로 잠깐이나마 세상이 다르게 보였다. 우리가 믿고 있는 강아지들의 작은 세상에서 우리가 정말 작은 세상이지 않을까 싶을 정도였다. 어쩌면 이 작은 친구가 더 큰 세상에서 나를 안아주고 있을지도 모른다는 생각이 들었다.

여러 가지 오답

김

며칠 전엔 김치볶음밥을 만들고 있는데 지인이 마음이 안 좋다고 해서 잠깐 통화를 했다.

"너를 생각해서 하는 말이야" 하면서 누군가 뭐라고 뭐라고 했는데 앞으로 만나고 싶지 않을 정도로 상처받았다는 것이다.

'대체 이 사람은 왜 이렇게 말하는 걸까?'

나의 고민에서도 굉장히 높은 비중을 차지하는 문제이다. 속을 시끄럽게 하는 타인의 '그냥 한 말'은 비 오는 날 지나가는 차가 끼얹은 물에 운동화가 젖을 때처럼 씁쓸하다.

'아아, 저렇게 좋은 사람이 저렇게 차별적인 발언을.'

'아아, 어째서 저렇게 다른 사람의 삶을 함부로 말하는 거지.'

'아아, 그 정도의 프라이버시는 별로 알고 싶지 않은데.'

한마디하고 싶지만 대부분은 그냥 넘어가고 며칠 불쾌해하다가 잊어버린다. 근데 티가 많이 나서 상대는 이미 알 수도 있겠다. 한마디를 하지 않는 이유는 나 역시 더한 실수를 하는 불완전한 사람이고 또 애써 말을 꺼내 봤지만 짙은 후회로만 남았다.

사람은 잘 안 바뀌는 것 같다. 악의적으로 나를 괴롭히려고 하는 게 아닌 이상 다른 재미있는 일에 집중하면서 잊어버리려고 한다.

『사회성이 고민입니다』라는 책에 한 실험이 소개되어 있다.

왼쪽에 직선이 하나 있고 오른쪽에 직선 A, B, C가 있다.
왼쪽 직선과 같은 길이의 직선은 A이다.
그런데 다른 사람들이 모두 답을 C라고 하기로 한다.
실험 참가자는 어떤 대답을 할 것인가?

결과는 A라고 쉽게 답하지 못한다는 것이다.
객관적인 질문에도 사회성이 발휘된다는 것.

나에게 가장 흥미로웠던 지점은 가장 다른 오답인 B를 말하는 사람이 한 명이라도 있으면 참가자가 A라는 정답을 말하기에 수월하다는 부분이었다.

내 주변에서 나와는 다른 이야기를 하는 사람들이 떠올랐다. 나로서는 '왜 저런 말을 하는 거야?'라고 생각되는 말이지만 그런 말을 들을 때마다 나는 내가 하고 싶은 일은 무엇인지 더 분명하게 깨달았는지도 모른다. 서운했던 말들이 조금 다르게 다가왔다. 그렇지만 지나가는 차가 끼얹는 물 때문에 운동화가 젖을 때는 항상 쓸쓸한 기분이 들 것이다.

소음도 공연의 일부처럼

김

즉흥 재즈 연주 공연을 다녀왔다.

'최성호 특이점 매달 콘서트'는 공상온도라는 지하의 책방에서 열렸다. 천장도 높고 벽에 걸려 있는 프라이팬들이 정겨웠고, 공연장으로 딱 좋은 모던하면서도 편안한 공간이었다.

즉흥 연주는 기존의 감상 방식으로 듣는 게 아니다 보니까 아무래도 감정보다는 머리로 이해하게 되는 공연이 되려나 예상했는데 아니었다. 분명 어디에서 들어본 적 없는 선율인데 동감할 수 있었다. 왜 저런 선율이 익숙하지 않은지가 의아했다.

마침 얼마 전에 책에서 소리를 다루는 현대 음악의 방식을 읽었다. 인위적인 룰에 갇혀 정해진 감정을 유발하는 것보다는 소리의 본질에 다가가는 다양한 태도들.

바로 오늘의 공연을 말하는 것 같았다.

세 악기가 각자 즉흥 연주를 하는데도 어느 순간 어우러지고 고조되고 또 그런가 하면 각자의 리듬이 이어졌다.

간간히 들리는 문 열리는 소리, 관객들의 기침, 의자 밀리는 소리, 전화벨, 차 지나가는 소리, 모두 공연의 일부처럼 어울렸다.

소음에 공포를 느끼는 사람들이 많다고 한다. 일할 때도, 휴식을 할 때도, 가만히 있을 때도 신경이 스트레스를 받기 때문이라고.

나도 소음에 과민 반응하는 편인데 이번 공연에서 조금 긴장을 풀 수 있었다.

다음 날 공원에 들어섰을 때 새소리는 마치 개구리가 우는 것처럼 들렸다.

더 깊은 숲의 새는 플라스틱 물체를 흔드는 것처럼
현악기의 저음처럼 우는 새도 있었다.

나는 흙 밟는 소리를 내며 걸었다.

진지한 건 지루한 것이 아니다 / 라스트 카니발-어쿠스틱 카페

김

어쿠스틱 카페의 '라스트 카니발'이라는 음악이 있다.

한 곡 반복 재생을 설정해 놓고 공모전에 보내기 위한 시를 퇴고했다. 음악에 맞춰 내가 쓴 시를 소리 내어 읽었다. 오탈자도 발견하고, 눈으로 볼 땐 몰랐다가 소리 내어 읽어 보니 어색한 부분을 다듬었다. 갑자기 고민했던 부분에 딱 어울리는 문장이 떠올라 추가했다.

'라스트 카니발'은 나만 그런 건지 모르겠지만 질리지 않는다. 피아노 전주를 들으면서 호흡을 고르면 바이올린 연주가 시작될 때부터 차분해진다. 나는 밝은 성격의 농담을 좋아한다. 그래서 그런지 진지해지는 것은 어려운 일이다. 묵직한 현악기의 연주가 서서히 느려질 때 나는 내 안의 슬픔 같은 것을 바라볼 수 있다. 남들에게 감춰온 솔직한 감정을 시의 문장으로 쓸 수 있는 상태가 된다. 울고 싶어지면 울 수 있다.

요즘은 우울할 때 버티는 요령이 조금 생겼다. 사람들에게 도움을 청하거나 혼자만의 시간을 갖고 포기할 건 포기한다. 투정으로 풀기도 하고 화를 내기도 한다.

'라스트 카니발'을 들으면서 시를 쓸 때는 "진지한 건 지루한 것이 아니다."라고 믿을 수 있었고 다른 사람의 컨디션을 우선하지 않았다. 나약함이나 고통도 글에 온전히 담기면 다른 층위의 충만함이 찾아왔다.

이 계절에도 나에게 몇 편의 시를 남겨주면 좋겠다.

댕댕이의 언어

김

어느 날 문득 나는 이 작고 하얀 몰티즈가 나를 교육하고 있다는 것을 '어' 하고 깨닫게 되었다.

남편 케빈과 나는 애기라는 이름의 몰티즈 한 마리와 살고 있다.

늦은 밤, 이제 자려고 방에 불을 끄고 이불을 덮고 누웠을 때다.

몰티즈는 침대에서 바닥으로 내려가고 싶은지 자신의 전용 계단 앞에서 힝힝— 소리를 냈다. 나는 휴대폰 화면 빛을 켜서 계단을 비춰주었다. 그제야 몰티즈는 느릿느릿, 한 계단 한 계단 조심스레 밟으며 바닥으로 내려갔다.

'과연 몰티즈가 원한 건 조명이었나 보네.'

나는 힝힝— 소리의 의미를 이해한 것에 대해 조금 뿌듯함을 느꼈다. 여기까지는 내가 교육을 받고 있다는 생각까지는 하지 않았다. 댕댕이와 사는 여느 사람들처럼 나도 그저 댕댕이가 무엇이 필요한지 살필 뿐이었다. 휴대폰에 손전등 기능이 있다는 것을 알게 된 이후로 나는 그냥 화면을 켰을 때보다 훨씬 밝은 빛을 비춰줄 수 있었다.

하루는 좀 귀찮아서 예전처럼 그냥 휴대폰 화면 빛만 비춰준 적이 있었다. 그러자 몰티즈는 계단은 내려가지 않고 내 얼굴을 한참 바라보았다.

고요 속에 그 표정은 마치 '더 밝은 빛을 비춰줄 수 있잖아? 이 정도는 잘 안 보인다고.'라고 말하는 듯했다.

나는 잠금 화면을 열고 버튼을 두 번 더 눌러 손전등을 켜주었다. 그제야 몰티즈는 한 계단 한 계단 조심스레 밟으며 바닥으로 내려갔다.

'악! 진짜로 더 나은 테크놀로지를 원하는 거였어?'

몰티즈가 물을 마시는 귀여운 소리가 들려오고 나는 이번에도 문제를 맞춘 것 같은 뿌듯함을 느꼈다.

여기까지도 내가 교육을 받고 있다는 생각까지는 하지 않았다.

하루는 쿨쿨 자고 있었는데 몰티즈가 힝힝—소리를 냈다. 어둡지도 않고 해서 나는 깨우지 말라는 뜻으로 돌아누웠다. 그런데 몰티즈가 내 팔 쪽으로 오더니 휴대폰을 계속 바라보았다.

'설마, 손전등 기능을 켜라는 뜻인가?'

내가 휴대폰으로 손을 뻗었더니 몰티즈는 마치 '드디어 사람이 내 말을 알아들었군!' 하고 말하는 것처럼 신이 나서 재빨리 계단 쪽으로 가는 것이다.

나는 계단을 비춰주었고 몰티즈는 한 계단 한 계단 조심스레 밟으며 바닥으로 내려갔다. 그 순간 깨달았다.

처음으로 휴대폰 화면 빛을 비추었던 밤에도, 나는 그냥 그랬던 것이 아니라 몰티즈가 시켜서 그렇게 했던 거였구나.

간식을 먹고 싶을 때,
산책을 하고 싶을 때,
배를 만져줬으면 할 때,
누군가 턱과 볼을 쓰다듬어줬으면 할 때,

몰티즈는 고요한 댕댕이의 언어를 나에게 가르쳐왔던 거구나. '오! 드디어 사람이 내 말을 알아들었어!' 하고 좋아했었구나.

우리는 일어나자마자 몰티즈에게 아침 인사를 해야 한다. 몇 시간 자고 일어났을 뿐인데 몰티즈는 한결같이 꼬리를 흔들며 아침을 축하한다. 인사를 나눈 후 제일 먼저 하는 일은 몰티즈의 밥을 챙기는 일이다. 몰티즈는 먼저 냉장고 문을 향해 앉는다. 자신이 황태를 먹고 싶음을 말하는 듯하다. 체중 조절을 위해 이번엔 황태 없이 사료만 줘야지, 하고 몰티즈를 보면 '아, 사람은 정말 가르치기 힘들어'라고 생각하는지 고개를 조금 숙인 모습이다.

저렇게 인내심 많고 귀여운 댕댕이 선생님을 실망시키지 않도록 고요한 몰티즈의 언어를 좀 더 잘 들어봐야겠다.

마음의 평온함을 찾아서 내가 가는 곳

이

서울은 낯선 곳이 분명하다. 지도를 켜서 보면 작고 아담한 모양의 땅 덩어리지만 막상 거주해서 살다 보니 이만큼 컸나 싶을 정도로 복잡하고 다양했다.

그래서 휴일 날이면 놀러가는 '것'이 되려 놀러가는 '일'이 될 때가 종종 있었다.

처음에는 어디로 발길을 돌려도 볼 것이 참 많았다. 청계천을 걷다 안국역 쪽으로 걸음을 옮기면 한글로만 표기된 카페들이 즐비한 쌈지길이 나오고 조금 더 걷다 보면 삼청동이 나오니 걸음을 멈춰 돌아갈 일이 없었다. 종로뿐만이 아니라 어디를 간들 둘러보면 모두 다 볼만한 것들이 나왔다.

어디론가 향하는 목적지가 정해져 있지 않아도 내가 가는 길마다 주워 담을 만한 주변이 많았다. 그래서 한여름과 한겨울을 제외하고는 최대한 버스와 지하철을 타고 다녔고 사람들이 북적해도 눈이 호황이니 다리가 좀 아파도 견딜 만했다.

그런데 사람이 원래 그런 건지 내가 참 간사한 건지, 북적이는 곳은 오히려 날 금방 시들게 했고 조용한 공간이 없을까 찾아다니기 시작했다.

그래서 이후로는 걷다가도 잠깐 쉴 수 있는 곳을 검색해두었다. 일종의 중간 쉼터 같은 장소를 마련해두었다. 그렇게 곳곳에서 찾아낸 적막한 곳이 꽤나 자주 가게 되고 오래

머무르게 되는 경우가 참 많았다.

그중에서 내가 스스로 아끼는 공간 중 하나인 파주출판단지에 위치한 '지혜의 숲'이라는 곳이다. 지혜의 숲은 정말이지 어느 날, 어느 시간대에 가더라도 나만의 숲이 되어 주는 공간이었다.

책을 가지고 갈 때가 대부분이었지만 가끔 빈 손으로 가는 날이면 바로 옆 서점에서 책을 사서 읽거나 아니면 꽂혀 있는 책을 뽑아 읽더라도 그 숲은 날 헤치지 않았다.

천장이 꽤나 높은 지혜의 숲은 실로 웅장한 숲처럼 보였다. 그 웅장함 속에서 한두 사람씩 앉아서 책 읽는 걸 가만히 지켜보면 꼭 사람이 한그루의 나무 같아 보였다. 고요하게 머물러 있는 나무 사람들 속에서 나도 한 그루의 나무가 되어서 있는 듯 없는 듯 조용히 있다가 가는 그런 착각에 빠져 있다 보면 고요함 속에서 안식을 찾을 수 있었다.

그런 공간들이 하나둘씩 늘어가다 보니 나만의 쉼터를 곳곳에 찾아내는 일이 재미있어졌고 내가 꾸민 공간에도 사람들이 쉼터처럼 느끼기를 늘 바랐다. 책방이라는 공간이 누군가에게 모임을 하든 책을 구경하든 잠깐이지만 작은 안식이라도 주는 공간이 되었으면 좋겠다.

오늘 점심은 뭘로 할까?

이

사람이 하루에 하는 고민 중 생각보다 엄청난 부분을 차지하는 영역,

'오늘 뭐 먹지?'

회사를 다닐 때는 밥 먹는 일이 꽤나 즐거웠다. 정식 일탈을 할 수 있는 유일한 시간이기 때문이다. 메뉴를 정한다는 건 어렵지만 즐거운 고민이 되는지라 하루 중 가장 행복한

시간일거라 생각했다.

하지만 책방에서 지내다 보니 밥 먹는 건 약간 일처럼 느껴질 때가 많았다. 그래서 아침에 샌드위치를 사가거나 중간에 잠깐 자리를 비우고 나가 도시락을 사오는 일이 잦았다.

끼니를 대충 때운다는 정도로 배부름으로 채웠다.

정말로 요기만 해야지, 라는 생각으로 점심을 보냈던 것 같다.

그러다 어떤 날에 다 먹고 살려고 하는 일인데 너무 미련하다 싶어 큰맘 먹고 손님이 없을 때 문을 닫고 근처를 돌아다녀보았다. 그러다 근처에 있는 평범한 칼국수집이 눈이 띄었다.

사실 오다가다 몇 번 봤던 음식집이었지만 이상하게도 발길이 가지를 않았다. 가게가 낡은 것도 아니었고 손님도 분주히 있어 어느 정도 입맛에는 들겠다 싶었지만 단순하게도 포장해서 먹기 불편할 거야 하는 생각에 도시락으로 배를 채운 적이 많았다.

그러다 그 날은 날씨가 약간 쌀쌀해서 들어가 포장이 되는지 물어보았다.

노부부가 하는 칼국수 집에는 김치찌개와 칼국수를 섞어 만든 메뉴가 있었는데 메뉴판 사진을 보니 입맛이 당겼다. 그걸로 주문한 후 선불이라 계산을 하고 의자에 앉아 포장이 나오기를 기다렸다.

가만히 앉아 포장을 기다리면서 저 메뉴를 어떻게 만들까 지켜보았다. 티격태격하는 노부부의 대화도 엿들으면서 있으니 음식을 기다리는 것도 꽤나 재미가 있었다.

멀리서 몰래 살펴보니까 우선 할머니가 찌개를 끓이고 다음 순서가 면을 삶는 일인데 내 생각엔 두 사람의 호흡이 퍽 잘 맞아 보이진 않았다.

내가 예상했던 부엌의 모습은 드라마에서 나오는 노부부의 식탁! 뭐 이런 느낌이었다. 몇십 년간의 노하우로 찰떡 같이 손발이 척척 맞는 모습과 인자한 미소가 사르르 온 가게에 퍼져야 하는데 두 분의 모습은 조금 다르긴 했다.

OIL

일단 할아버지가 면을 미리 삶는 바람에 할머니께서 크게 화를 내셨다. 아마도 처음은 아닌 것 같은 느낌의 분노였다. 그리고 할아버지는 역시나 수그리지 않고 자신만의 방식을 고집하셨다. 기다리는 동안 재밌었던 건 두 분 모두 말씀은 하시는 데 도대체 들으라고 말씀하시는지 혼잣말인지 서로 쳐다보지도 않은 채 중얼중얼거리셨다.

그렇게 몇 번의 후폭풍이 지나가고 드디어 내가 주문한 음식이 나왔다. 면이 얼마나 불었으면 그렇게 호되게 뭐라고 하셨을까? 했는데 내가 한 숟갈 뜬 국물맛과 면발의 칼칼함은 너무나도 시원했다. 한 가지 메뉴를 웬만하면 자주 먹지 않는데 내가 책방을 하면서 일주일에 네 번 이상은 이 집 칼국수를 먹은 듯싶다.

비가 오면 따듯한 국물이 생각나서 먹고 전날 과음을 하면 시원한 국물이 생각나서 먹고 오늘은 한식이 먹고 싶어 또 먹고 이쯤 되면 김치찌개칼국수를 먹기 위해 이유를 만들고 있지 않나 싶을 정도였다.

그렇게 몇 번을 들려도 변함없이 면발의 조리시간으로 싸우는 두 분을 보면서 오히려 그런 모습이 드라마처럼 보였다. '알콩달콩'이라는 말보단 '티격태격'이라는 말이 왠지 더 사랑스럽게 느껴지고 따뜻하게 다가오는 순간이었다.

모르는 공원 발견

김

책방 도도봉봉이 이전을 했다. 창동역 근처 타이어 가게 2층에 있다가 맛집이 가득 있는 쌍리단길 1층으로 자리를 옮겼다.

나로서는 집에서 더 멀어지는 것이라 덜 자주 가게 되려나 생각했지만 오히려 더 자주 갔다.

빠르게 걸으면 40분 정도 걸리는 책방 가는 길, 먼저 중랑천 구간이 나온다. 오리를 가장 좋아하지만 왜가리와 검은댕기해오라기를 보는 것도 좋다. 왜가리는 대체로 혼자 있는 편인데 어쩐지 떼로 모여 있다. 명절 모임인가? 하고 지켜본다. 몰려 있기는 해도 막상 다른 왜가리가 가까이 다가오면 퉁명스럽다.

진짜 명절이 맞나 보다. 투닥투닥하는 왜가리들 사이로 오리들이 아무렇지 않게 수영하며 논다. 지상 철로에 전철이 지나가고 노원구에서 도봉구로 넘어오게 된다. 여기서부터는 잘 모르는 동네다. 낯선 팔 차선 도로 옆을 걸으면서 이유도 없이 기분이 좋아졌는데 모퉁이에서 산길을 발견했다.

올라가 볼까?

생각보다 으슥하고 무서우면 어쩌지?

길을 좌우로 살피고 지도 앱을 켜서 확인도 하다가 표지판을 읽어 봤다.

도서관과 반려견 공원이 있다고?

한번 가보기로 했다.

여차하면 후다닥 뛰어 내려올 각오였다.

2분 올랐더니 오르막 끝.

오솔길 시작.

아직 숨도 차지 않았는데 마을을 내려다볼 수 있고 가까이 있는 새소리가 나고 멀리 있는 새소리가 이어진다. 전망대 데크에서 오렌지색 노을과 북한산 실루엣을 볼 수 있다.

산책하는 반려견과 사람들, 아기자기한 공원은 상쾌하기만하다.

지도 앱에서 본 연못이 궁금해서 좀 돌아가는 길이지만 왼쪽으로 향했다. 푸른 축구장엔 선수들이 땀을 흘리며 뛰고 있고 트랙을 따라 앞으로 또 뒤로 걷는 사람들도 많다. 풋살장, 반려견 공원, 모두 활기가 넘치고 한편엔 자전거 청소기 같은 것도 마련되어 있다. 연못은 꽁꽁 얼었는데 꼬마애들이 열심히 얼음을 깨고 있다.

동화 속에 들어온 건가!

공원도 사랑스러웠지만 난 이렇게 가까운 곳에 내가 모르는 근사한 공간이 숨 쉬고 있었다는 사실에 들떴다.

공원에서 도도봉봉은 코앞이기 때문에 신나서 책방 사장님에게 물었다.

“도도 님(사장님 별명), 바로 옆에 정말 멋진 공원이 있다는 거 아셨어요?”
“어머, 몰랐어요.”
“날 풀리면 공원 낭독회도 하고 소풍도 가요.”

도도 님은 새로 오픈한 책방에서 반갑게 손님을 맞이하는 모습이다.

책방 한 켠에 자리를 잡고 글을 쓴다.
한참 쓰다가 책 구경도 한다.
역시 집에서보다 훨씬 잘 써진다.
원하는 곳에 가서 일할 수 있다는 사실에 잠시 감격한다.

"은지 님. 너무 신기해요."

"뭐가요?"

"밖에 행인이 지나가는 거요."

늘 2층에 있다가 1층으로 옮긴 도도봉봉.

생각지 못했던 모르는 공원이 발견된 것처럼
모르는 좋은 인연, 모르는 반가운 일들
기다리고 있기를.

가을과 겨울 사이

이

누구에게나 좋아하는 계절이 있다.

나는 특히나 가을과 겨울 사이, 그즈음이 가장 좋다.

『혼자 있고 싶은데 외로운 건 싫어』라는 책처럼 가을과 겨울 사이가 꼭 그렇다.

추운 건 싫은데 선선히 부는 바람은 좋고 생각이 많아지는 건 싫은데 생각에 잠기는 건 좋았다.

오늘 아침 산책길을 나서면서 유독 그런 생각에 더 많이 잠겼다. 이른 아침부터 제법 차가워진 바람에 몸을 잔뜩 웅크리면서 걷다가 바닥에 있는 낙엽을 발견했다. 그리고 혼자서 미소를 지었다.

순간 살짝 미쳤나 싶다가 나도 그 순간에 왜 피식했는지 몰랐다. 그러면서 모처럼 하늘을 바라보게 되었다. 하늘을 올려다본 게 얼마만이지, 그런 생각을 하다 몸은 춥지만 마음은 제법 따뜻해지는 이 계절이 좋다는 생각을 또 하게 되었다.

일부러 옷을 더 애매하게 얇게 입고 나올 때도 있고 혼자 있고 싶어 나 홀로 카페에 갔다 괜스레 친구에게 연락을 하기도 했다. 그리고 조금은 공허한 마음을 가지고 카페를 나와 걷고 또 걸었다. 하염없이 걷다 돌아오는 길에 또다시 낙엽과 마주쳤다.

그리고 혼자서 또다시 미소를 지었다. 그러다 이 계절이 왜 마음을 따듯하게 했는지 지난날이 떠올랐다.

이 계절은 나에게 마냥 좋은 계절이 아닌 시기가 있었다. 안 좋은 일이 한꺼번에 터진다고 하지 않았던가. 마치 기다렸다는 듯이 쌓여있던 사건들은 시간을 앞 다투고 찾아왔다. 책방을 그만두고서 여러 가지 말 못할 감내해야 할 일들이 많았다. 누구에게 위로받고 싶지만 숨기고 싶은 순간들이었다. 하지만 시간은 오히려 입을 닫게 했고 쌀쌀해진 날씨는 날 웅크리게 만들었다. 움츠린 마음은 혼자 곱씹게 했고 시간 속에서 인내하게 됐다. 그냥 흘러가게 내버려둔 상태로 참았던 것 같다.

그리고 강변북로를 달리다 큰 사고까지 나면서 인생이 참 이상하게 흘러간다고 생각했다. 나는 여기저기 멍이 들고 갈비뼈가 부러져 당분간은 움직일 수가 없었다.

그때 그 계절에 우연히 다른 누군가로부터 책 한 권을 선물 받았다. 그 책은 지금의 상황에서 내 이야기를 들어주기 충분했다. 숨기고 싶은 속내와 혼자 위로할 시간이 필요할 때 선물받은 책을 두 번이나 정독했다. 그 덕인지 조금이나마 웅크리고 있던 마음을 펼 수가 있었다.

힘을 들이지 않고 누군가가 어깨를 내어주길 기대하지 않고서 온전히 가슴을 따듯하게 만들어주었던 계절의 한 순간이었다. 나는 그때 그 계절에 받은 책 한 권으로 마음을 다했다.

무이유

김

갑자기 행복감이 찾아왔다.

이유 없이.

'아, 이런 느낌 너무 좋다.'

싶었다.

가뿐하고, 설레고, 뭔가 맘에 드는.

일하다 말고,

문장이 잘 안 써져서 낑낑대고 있을 때였다. 대체 왜?

해결된 문제는 없고, 어제도 기분 나쁜 일로 속상했다.

대체 왜 갑자기 기분이 좋은 거지?

잠깐, 이 기분 얼마 전에도 느꼈다.

지하철에서 고갤 돌려 창밖을 바라보다가 갑자기 행복했다.

뭐, 창밖으로 아름다운 한강이라도 지나는 중도 아니었다.

휴대폰 충전을 깜빡하고 전철에서 심심하게 가만히 앉아 가던 참이었다.

그 중간에도 한 번.

잘 기억은 나지 않는데 좋은 감정이 갑자기 찾아왔다.

무엇 때문에 행복한 게 아니라 그냥.

반면 이유 없는 우울감은 익숙하다.

기분이 대체 왜 이렇지?

나는 날씨나 건강, 말실수, 여러 가지 익숙한 것들에 혐의를 두고 분석해 본다.

그렇지만 이유 없는 행복감은 새삼스럽고 강렬했다.

불안이 걱정이 스트레스가 찾아오면 나에게 말한다.
이유 없는 행복감이 찾아오는 순간이 올 거야.
후련하고 개운한 기분이 들게 될 거야.

CHAPTER
3

걷다보니 괜찮아진 오늘

#일로 만난 사이

김

'일로 만난 사이'는 유재석이 나오는 예능 프로이다.

오래 알고 지낸 사람들과 강도 높은 노동을 함께하면서 평소와는 다른 대화를 나누고, '일로 만난 관계'의 의미도 들여다보는 것이 재미있다.

러시아의 한 작가는 행복을 낫으로 풀을 베는 반복적인 노동을 하다가 자신을 잊어버리는 상태라고 했다. 출연자들이 한참 땀을 흘린 뒤 마시는 물의 맛에 감동하고 하는 걸 보면 나도 당장 밖으로 나가고 움직이고 싶다. 그러나 움직이지는 않는 것이 함정.

이 책을 같이 쓰고 있는 동환 님(사장님)과 나도 일로 만난 사이이다. 나는 아직까지 사장님의 나이도 모르고 책방 외에 하고 계신 일도 모르고 사는 동네는 들었지만 까먹었고 무슨 공부를 했는지도 모른다.

사장님에 대해서만 모르는 게 아니라 다른 사람들을 만나도 위와 같은 부분을 잘 모른다. 나이를 못 외우고 언젠가부터 나보다 나이가 많은지 적은지도 모르며 친해진다. 친해진다는 게 그런 것들을 알아가는 게 아니라 시간을 함께 보내는 거라고 할 수 있다면 말이다.

같이 책방 일을 하면서 사장님의 다른 면모를 많이 알게 되었다.

어느 날이었다. 내가 여태껏 일했던 많은 일터처럼 책방에도 사장님만의 질서가 있었다. 그런데 입고된 책 중에서 동네책방 에디션 시리즈가 모두 팔리고 그날따라 그 책을 찾는 손님이 많이 왔다.

"사장님, 혹시 시간 나실 때 이 책 입고 좀 해주실 수 있으세요?"

사장님은 원래 바쁘신데 더욱 바빠져서 큰 기대 없이 살짝 얘기해 본 것이었다. 다음에 출근했을 때 나는 깜짝 놀랐다. 책장에 동네책방 에디션 시리즈가 꽂혀 있었다.

왜인지 그때 난 이런 생각을 했다.

'이런 사람(?)이 책방을 오픈할 수 있는 거 아닐까?'

이런 사람이 다른 곳도 아니고 문화의 거리 '혜화'에 이렇게 잡지에 나올 것처럼 예쁜 복층 책방을 오픈할 수 있는 것 아닐까? 책방을 열 마음을 먹고 실제로 오픈하는 실행력은 정말 대단한 것 같다.

이렇게 실행력 있는 사장님이지만 바빠서 책방 일정을 자주 잊어버린다. 자꾸 확인시켜 드리다 보니 사장님에게 잔소리하는 직원이 되는 거 같아 걱정스러웠다. 한 달 두 달 지나면서 걱정은 사라지고 마음이 편해졌다. 서로 캐릭터를 파악하고 배려하면서 쌓이는 신뢰가 정말 소중하다.

사장님에 대해 잘 모른다고 했지만 사장님도 아마 나를

잘 모를 것이다. 나는 프라이버시에 대해 예민해서 뭘 잘 안 물어보는 반면 사장님은 예의에 어긋날까 봐 조심하는 것 같다.

사장님이 특별히 예의가 바르다고 생각하게 된 이유는 무엇일까 생각해 본다. 평소 사장님의 말투?

예를 들어 책방에 스카치테이프를 다 써서 사러 가려고 하면 "제가 사다 놓을게요."라고 하신다.

"제가 할게요." "제가 해야 하는데."

이런 말을 들을 때마다 참 예의가 바르시다, 하고 생각했던 것 같다. 손님들에게 대하는 태도도 그러하다.

이렇게 사장님과 나는 #일로 만난 사이.

서로를 잘 모르지만 수개월 동안 같이 책방을 꾸려갔다.

북토크를 기획할 때 입고하고 싶은 책을 고를 때 먼 미래에 책방을 확장하고 싶은 꿈이며 어떤 책을 쓰고 싶은지 얘기를 나누면서 나와는 너무나 다른 사장님과 같이 일하는 게 되게 재미있었다.

책방을 닫으면서 엄청 아쉬웠는데 이렇게 또 책을 같이 쓰게 될 줄이야.

가깝고도 먼 미래에 놀라운 프로젝트를 생각해내실 것 같은 예감이 든다.

서른 즈음

이

매년 익숙한 것 같아도 달라지는 것이 있다면 나이이다. 올 한해가 시작되면서 내심 설레면서 걱정된 건 내 나이의 앞자리가 바뀌어서이다.

어린 시절 내가 상상했던 '서른'은 저 만치 멀리서 듬직하게 자리 잡고 서 있는 어른이었다. 하지만 지금, 서른의 나는 여전히 어른이라고 할 수 없었다. 아직 내 꿈에 대해서 빛을 내거나 그렇다고 내 꿈이 명확하게 자리 잡혀 있는 것도 아니었다. 이리저리 헤매는 아이처럼 느껴질 때가 간혹 있었다.

그리고 난 지금 서른에 책방을 정리했다.

꿈과 정성이 담긴 공간, 그리고 그 공간을 정리하는 데까지의 시간과 고민.

책방을 닫기 하루 전까지도 많은 상념이 나를 괴롭혔다.

나는 더 잘할 수는 없었을까?

너무 빨리 포기하는 건 아닐까?

조금 더 버티다 보면 시간이 다 해결해주지 않을까?

남들이 수근될 거야.

그렇게 수없이 기나긴 생각을 흘려보냈다.

다시 시작할 수 있을까?

나도 당장 나에게 대답할 수 없었다.

그만두면 모든 게 약간은 속이 시원할 줄 알았다. 처음엔 정리하는 과정에서 너무 정신이 없었다. 제일 먼저 책으로 가득 메운 책장 앞에 섰다. 인수하는 과정에서 헌 책들은 놓고 가주면 좋겠다고 해서 내게 너무 소중해서 꼭 챙겨야 하는 책들을 고르기 시작했다. 다시 사서 볼 수 있는 책들이었지만 손 때 묻은 좋았던 구절에 페이지를 접어놓은 흔적들을 차마 놓칠 수 없었다.

그렇게 고르고 골라 차에 실은 헌 책들이 이 백 권이 넘었다.

정리가 익숙하지 않아서, 또 시간이 조금 지나서는 낯설어서, 그렇게 꽤 시간이 흐르고 그리웠다. 정리를 다 해놓고 마음을 몽땅 다 두고 와버렸다. 그런 감정들조차도 낯설었다.

새삼 느끼는 거지만 정리라는 건 정말 어려운 것 같다. 친한 친구의 떠나간 빈자리같이 남아 있는 허전함에 정리는 더 어려웠다.

정리라고 함은 흐트러져 있는 상태를 내다버리고 깔끔한 상태로 만들어 놓는 거라고 한다. 그런데 흐트러져 있는 마음을 막상 버리고 나니까 깔끔한 자리에 미련이란 게 생겼다. 시간이 지날수록 더 많이 쌓이고 막상 체념을 하려고 돌아보면 이미 너무 많이 걸어왔다는 생각이 들었다. 내가 할 수 있는 건 그리워하는 상태에 머물러 있기 정도였다.

최선의 정리, 마음속에 한 줄 선을 긋고 여기까지만 정리해야지.

그 남은 부분은 나도 어떻게 할 수가 없었다.

그래 약간의 태세전환은 나쁘지 않아, 라고 생각할 뿐

그게 나의 최선의 정리였다.

누군가는 말했다.

'서른'이 무언가 새로운 것을 시작하기에는 좋은 나이라고.

하지만 난 그 꿈을 정리해야만 했고 어쩌면 정리하지 않을 수 있는 상황에서 난 '최선의 정리'라는 걸 택했는지 모른다.

뒤로 걸으면 더 잘 기억한다고 한다

김

봄이 다가와 가벼운 외투를 입고 늘 좌석이 잔뜩 비어 있는 전철을 탄다.

한 시에 혜화역에 도착한다. 책방 오픈 시간까지 한 시간이 남는다.

책방은 4번 출구 방향이지만 1번 출구로 나간다.

에스컬레이터가 있다.

에스컬레이터 때문만은 아니고, 낙산공원에 올랐다가 책

방을 가려는 것이다.

낙산공원으로 오르는 새로운 길을 알게 되었다.

우거진 나무들이 연일 쏟아지는 미세먼지 뉴스를 잠시 잊게 해준다. 가파른 경사 덕분에 벌써 약간 땀이 날 때 제3전망광장에 오른다. 제3전망광장이라고 부르는지 몰랐는데 글을 쓰려고 지도를 켜놓고 내가 다니던 길을 따라가 보니 이름을 알게 되었다.

아름다운 성벽 너머로 한성대 방향의 정겨운 서울이 보인다. 그때부터 제2전망광장까지의 짧은 경사로는 뒤로 걷는다. 이곳을 알게 될 즈음 '뒤로 걸으면 더 잘 기억한다'는 얘기를 들었기 때문이다. 수학 공식이나 세계사 같은 걸 더 잘 외운다는 말 같은데 딱히 뭘 공부하고 있지 않아서 매번 '뭘 더 기억하면 좋을까' 고민한다.

모양을 바꿔가며 지나가는 구름,

흔들리는 나뭇잎,

'지금 보고 있는 이 순간'을 더 잘 기억한다는 뜻이려나.

뒤로 걸으면서 새로운 영어 단어 하나 암기하지 못했지만 이 순간을 시로 쓰고 스토리 북의 에필로그로도 썼다. 시는 사랑하는 사람을 위해 기도하는 내용으로 펼쳐졌다.

에필로그는 사랑스러운 토끼가 어떤 추억을 기억하고 싶은지 깨달으며 엉덩방아를 찧는 장면으로 남았다.

금방 제2전망광장이 나온다. 아까 제3전망광장도 그렇고 '광장'이라고 하기엔 어울리지 않는 좁은 곳이다. 그렇지만 동그란 땅에서 아주 커다란 하늘을 볼 수 있다. 하늘 크기를 기준으로 한 광장이랄까. 멀리 보이는 빌딩들의 꼭대기는 거기 있는 사람들은 정작 볼 수 없을 테지만 하나하나 다양한 모습을 하고 있다. 사람들에게 포토스폿으로 유명한 낙산공원 입구를 지나 벽돌 건물들이 근사한 마로니에공원을 지나 책방으로 간다.

우유가 떨어진 날은 골목 입구에 있는 마트에 잠시 들렀다가 책방 문을 연다.

이것이 나의 출근길이었다.

이렇게 예쁜 출근길이 또 있을까?

짧은 등산 덕분인지 밤엔 잠도 잘 오고 일과가 정해진 덕분에 아침마다 찾아오던 불안도 잦아들었다.

여름이 오면 삼 주 정도 유럽에 있는 친척댁에 방문해야 한다.

다녀와서도 계속 이렇게 출근할 수 있을까?

너무 큰 욕심은 아닐까?

사장님은 이전이나 폐업도 알아보고 계신데, 책방이 계속 이 자리에 있어 줄까?

다시 없을지 모를 이 시간을 더 소중하게 생각해야지! 하며 조금은 아련한 기분이 되었다.

무궁화 꽃이 피었습니다

이

책방에서 다양한 인연들을 만났다. 그중에서 정말 고맙고 미안한 사람들이 많았다. 고맙다는 말을 하기가 쑥스러워서 망설이다 순간순간이 지날 때가 많았다. 그러다 시간이 지나도 기억에 남아있을 때면 늘 그 순간이 많이 아쉬웠다.

나는 그 순간을 생각하면 드는 혼자만의 상상이 있다. 마음의 표현을 하면 술래가 되는 '무궁화 꽃이 피었습니다' 놀

이이다.

술래는 평소 나에게 고마운 사람들.

내 앞에서 다들 나를 쳐다보고 서있다.

그리고 여러 명의 술래가 뒤돌아서 '무궁화 꽃이 피었습니다'를 외친다.

지금은 날 보고 있지 않겠지?

뒤돌아선 그들 등 뒤로의 시간만이 유일하게 내 감정에 솔직해지는 시간이다. 마치 지금처럼 그들 앞이 아닌 종이 위에서 말하는 것처럼.

평소 미안한 감정, 고마운 감정 등 표현하지 못했던 감정을 아무도 보지 않는 그 시간에 오히려 혼자 표현하곤 한다.

그리고 다시 그들이 나를 쳐다보면서 외칠 때 나는 또 다시 멈춰있다. 움직이면 술래가 되는 걸 망설이는 것이다. 표현하고 싶지만 어색하고 부끄럽다. 다시 그들이 고개를 돌리면 오히려 그게 편하게 느껴졌다.

그들의 등이 여러 번 보이고 나는 용기 내서 다가가 툭 치고는 냅다 도망간다. 그 정도의 표현만으로도 온기가 남아있을 줄 알고 돌아선다. 그렇게 웃긴 상상을 혼자 하면서 책방에서 만난 사람들에 대한 고마움을 생각해본다.

모임에서 만났던 손님 중에 각별하게 지내던 분이 책방을 닫는다는 소식을 듣고 모임이 없는 날인데도 찾아온 적이 있다. 그는 평소 상냥한 말투와 늘 웃는 모습으로 맞장구를 쳐주곤 하던 사람이었다. 그런 그는 그날도 어김없이 웃는 표정으로 아쉬운 내색을 비치며 오히려 따듯한 마음을 건넸다. 그리곤 책방정리를 도와주겠다며 가방에서 목장갑을 꺼내는데 뭐라고 말해야 할지 몰라 바보처럼 가만히 서 있었다.

인사 차 들러준 것만으로도 너무 고맙고 반가운 손님인데 정리라니, 나는 수차례 거절하며 차나 한잔 마시고 가자고 부추겼다. 그는 주말마다 봉사활동으로 책방에서 일해 봐서 안다며 책장 정리를 혼자 하기에는 벅차다면서 준비운동을 하는데 나는 끝내 거절을 하면서도 고맙다는 표현을 제대로 못했다.

하남에 사는 친한 동생 현성이는 자주 책방에 놀러왔다. 그는 말과 행동을 결정할 때 늘 거침없었다. 가끔 그런 그의 성격이 부러울 때가 종종 있었다. 내가 책방을 열 때도 그는 "형, 요새 책을 누가 읽어요? 저는 책이랑은 거리가 멀어서 우린 밖에서 만나요."라고 농담할 정도로 책이랑은 담을 쌓고 지낸 동생이었다.

그런 현성이가 어째서인지 매주 책방을 왔었고, 가장 밖에서 자주 만날 것 같은 친구가 책방에서 가장 자주 보게 되었다. 현성이는 북토크나 프리마켓, 낭독회 등 큰 행사가 있어 바쁘고 도움이 필요할 때마다 우연히도 늘 책방에 왔고, 투덜거리면서도 모임이 시작되면 늘 진지하게 책 읽는 척을 해주었다. 아무래도 바깥 모임보다는 다소 조용한 참가자분들이 많다 보니 현성이의 화끈한 농담에 화들짝 놀라시는 분들도 있었지만 오히려 그게 또 하나의 재미로 기억에 많이 남았다.

그때는 우연히라고 생각했지만 지금은 알 수 있을 것 같다. 쓴 커피만 마실 것 같아 보이는 생김새에 그는 늘 책방에 들어와서는 아이스 초코라떼를 한잔 시키고, 어느덧 책방에 익숙해진 그의 모습을 보면서 그 순간순간에 사람과 시간에 감사하게 됐다.

그들 말고도 수없이 찾아온 고마움들이 얼마나 많았던가. 글로 다 옮기려면 아마도 끝이 없을 것이다. 나는 어색하고 뻘쭘하다는 이유만으로 무심코 넘어가는 고마움이 너무 많았다. 그걸 위안 삼으려고 지금 나는 글로 남기고 있는지도 모른다.

갑자기 찾아온 봄처럼 사람들에게 이 책을 꼭 선물해줘야겠다는 생각이다.

소설의 중력

김

"저는 소설을 잘 안 읽어요."

얼마 전에 내가 한 말이다.

여러 편의 단편소설을 썼고 중단편 소설도 쓴 적 있고,

소설에 대한 논문을 쓴 내가 얼마 전에 한 말이다.

그런 무엇을 읽는가?

시집, 에세이, 문예지, 잡지, 사회과학 책, 심리학 책, 그림책, 만화책 등등 다양한 장르의 책을 읽는다.

잠이 오지 않는 밤, 인기 많고 재미있는 에세이를 읽다가 문득 이런 생각이 들었다.

'아, 소설 읽고 싶다.'

섬세한 공간 묘사로 시작하는 소설 읽고 싶다.

주인공이 만나는 사람들이며 테이블에 놓인 음식이며 이런저런 관찰을 하고 누군가와 끊기는 듯 안 끊기는 듯 대화를 하는 소설.

중의적인 문장, 상징적인 장면에 잠시 독서를 중지할 수밖에 없는, 지루하고 아름다운 소설을 읽고 싶다.

소설가가 써 내려간 인물들의 반응에 말도 안 된다고 생각하면서도 고개를 끄덕이고 싶다.

그렇지만 다른 장르의 글에도 섬세한 묘사와 관찰, 생생한 대화가 있는데?

나는 가짜의 이야기를 읽고 싶다.

가공의 이야기를 읽고 싶다.

현실의 중력과 다른 픽션의 세계로 들어가고 싶다.

아무리 실감 나고 흡입력 있어도 고개를 들며 '이건 실화가 아니다.'라는 생각에 안심하기.

현실의 비극 앞에선 참혹함을 느낄 수밖에 없지만, 픽션의 비극에서는 훨씬 보호받는 느낌으로 내 속에 떠올랐던 솔직한 감정을 입을 열어 말해도 될 것 같다. 삶이란 무엇인지, 인간이 인간일 수 있는 조건은 무엇이고, 관계의 본질이 무엇이라고 믿는지 이야기해도 될 것 같다. 잠시 여기에서 다른 차원으로 옮겨가고 싶은지도 모르겠다.

너무 몰입해서 오히려 일상 속에서 픽션의 인물을 그리워하고, 내가 방금 들고 있던 컵이 정말 홀로그램이 아닌지 응시하게 되는 그런 감각.

역시 오늘은 소설이 읽고 싶다.

여행의 의미

이

여행이라는 말은 혼자 쓰이지 않는다. '떠난다'라는 말이 함께 붙는다. 나는 여행이라는 말이 보일 때면 떠난다, 라는 말에 더 눈길이 갔다.

'지친다'와 '쉬고 싶다'처럼.

엄밀히 말하면 여행을 떠나는 것이 아닌 지금의 나에게서 떠나는 것이다. 붙잡지 못할 자유를 여유라는 그럴듯한 말로 덮어버리는 것 같았다. 시간을 내서 억지로 나를 멀리 보내주니 주어진 자유는 오히려 속박같이 다가왔다.

떠나기 전 보통 준비를 많이 한다. 대게 둥근 세상에 모난 인생을 놓고 보면 인생을 산다는 것보다 인생을 버틴다는 일념으로 하루를 살아가는 듯해 보인다. 그렇게 쌓여져만 가는 날들을 놓아주기 위해 떠나는 발길에는 그 어떤 쌓여 있는 날들보다도 더욱 힘이 들어가게 된다. 그리고 돌아오는 길엔 오히려 무언가 놓고 온 듯 무거움이 가득 느껴진다.

여행이 좋지 않은 건 아니다. 떠나고 싶은 내 마음에 문제가 있는 모양이다. 어디로 떠나고 싶은가에 초점에 맞추어져 있다고 생각하지만 사실은 여기서 떠나고 싶다, 라는 생각이 사람을 떠나게 만드는 것 같다.

그래서 난 그늘에서 숨을 골라도 헐떡이게 된다. 세상은 둥글고 돌다 보면 다시 제자리인 걸 바깥 공기와 다르게 느껴지는 어느 다른 곳의 향기가 나를 바꿔 놓았다는 착각에

그 잠깐의 여운이 편안함을 주지만 진정한 휴식이라고 속삭이며 나에게 다가왔을 때는 꽤나 멀게 느껴졌다.

그 이후로는 멀리 가지 않는 날이 많았다. 멀리 가야 하거나 동네를 돌아다녀야지 하는 어떤 옳음을 찾는 문제가 아닌 직접적인 내 삶과 마주했을 때 나에게 필요한 약이 무엇일까를 스쳐 생각해볼 때 혼자 걷는 날이 많아졌다.

그리고 돌고 돌아 다시 마주한 동네에 숨을 고르고 집으로 들어와 샤워를 마친 후 책 한 권, 꼭 다 읽지 않더라도 독서를 하다 잠이 들면 편안했다.

나는 여행이라는 테마를 그렇게 정리했다. 조금은 시시하고 덜 화려하게 비춰질진 몰라도 지금은 힘을 빼는 연습을 해야 하니까.

사는 게 그런 건가

이

서른이 되어서는 서른이라는 단어만 나오면 유독 더 많은 관심이 갔다. 특히 미디어에 나오는 서른에 관한 컨텐츠는 더 많은 눈길이 갔다.

그러다 우연히 서른인 사람들이 나온다더라 해서 본 드라마가 있었다.

극중 서른 살인 주인공 3명의 꿈과 좌절을 담은 '멜로가 체질'이라는 드라마에서 말했다.

'사는 게 그런 건가
우린 좋았던 시간 약간을 가지고
힘들 수밖에 없는 대부분의 시간을 버틴다는 거.'

'너무 혹독한가
혹독하지만 좋은 시간 약간을 만들고 있는
지금의 나는 좋다.'

우리는 엇비슷한 하루를 매일 살아간다. 그 굴레 속에서 약간은 다른 하루였으면 하는 정확하게는 조금은 행복한 하루가 찾아오기를 바란다. 큰 기대로 하루를 맞이하는 건 아니더라도 뜻밖의 좋은 순간이 찾아오면 나머지 하루, 곧 내일의 하루를 버틸 만한 약간이 생긴다.

그러다 혹여라도 약간의 좋은 순간이 찾아오지 않을 때가 있너라도 스스로 처진 어깨를 토닥이며 기다리는 시간이 필요할 수도 있다.

그럼 어느 순간 또 다시 약간의 행복한 순간이 곧 찾아올 것이고 후회하거나 미래가 걱정되는 생각도 잠시 감내해낼 수가 있다. 현재의 행복이 그 하루를 버티게 해주면 지금의 모든 것이 다 괜찮아질 것이다.

오늘 하루도 잘 보냈구나, 나도 꽤 괜찮은 사람이구나 하는 시간이 나머지를 버틴다는 거, 그건 어쩌면 그간에 좋았던 약간의 시간을 만들고 있는 하루일지도 모른다.

서른이 되면 다 괜찮아질 줄 알았다. 그렇지만 서른이 되어도 똑같은 희로애락을 만나면서 마흔이 되어도 똑같지 않을까 하는 생각을 남겨둔 채로 고민을 내버려 두었다.

그런 인생 속에서 우리는 혹독한 하루를 버티기 위해 약간의 좋음을 만들거나 혹은 기다린다.

혹독한 나머지를 위해 미처 찾지 못한 순간을 기억하면서.

"그걸 시로 쓰면 좋겠다"

김

오늘은 지인과 저녁 식사를 했다.

멕시코 음식을 좋아하는 편은 아니지만 새로운 음식을 먹어보는 것은 좋아한다.

지인이 나에게 사적인 것을 하나 물었다.

"작가님은 국제결혼을 하셨으니까, 혹시 부모님의 반대는 없었나요?"

"네, 있었지요."

나는 나의 경험담을 들려주었다.

"엄마에게 전화를 했어요.

이야기를 꺼내기 어려워 시간을 끌게 되었는데, 그때 엄마는 말린 고추를 다듬다가 내 전화를 받으신 거였어요. 매워서 자꾸 재채기를 하는 엄마에게 '외국인과 결혼하려고 해요.'라고 힘들게 말씀드렸죠."

심하게 반대를 하신 건 아니었지만, 며칠 뒤 축복해주셨다. 그래도 볕에 빨간 고추를 말리는 걸 보거나 김장철이 다가오면 엄마를 놀라게 했던 그때가 생각이 난다.

나의 이야기를 듣던 지인은 말했다.

"그걸 시로 쓰면 좋겠다!"

내가 하는 일은 글을 쓰는 일이고, 그러다 보니 지인들도 작가가 많다. 그냥 함께 저녁을 먹다가 담소를 나눌 뿐인데, '글로 쓰면 좋은 것'을 포착하는 습관이 불쑥불쑥 튀어나온다. '시적인 것'을 그냥 흘러가게 두지 않는 것이다.

지인이 말하길, 김장철이 다가올 때마다 옛 기억이 떠오른다는 부분이 마음에 와 닿는다고 했다.

사람들이 별일 없이 사는 것 같아도 같은 삶은 하나도 없다. 각자의 하루에 엄청난 구체성을 가지고 있다. 시 같지 않은 일상 속에 시가 숨어 있다.

누군가는 그것을 특별한 기억으로 간직하고 누군가는 그것을 유튜브로 만들고 누군가는 그것을 시로 쓴다.

여러분은 어떤 시를 좋아하나요?

너무 아름다운 문장이 저절로 노랫말처럼 외워지는 시를 좋아하나요?

무슨 말인지 하나도 모르겠지만 분위기에 압도되는 그런 시를 좋아하나요?

지치고 힘들 때 나에게 손을 내밀어주는 따스한 시를 좋아하나요?

그런 멋진 시를 작가는 어떻게 쓰게 되었을까 궁금하다.

나는 상상해 본다.

흰 종이 앞에 연필을 들고 가만히 앉아 있는 시인을.

그렇게 종이 위에 시를 써 내려가기 전에 주어진 하루를 평범하게 살아가는 시인을.

텔레비전을 보다가, 시험공부를 하다가, 여행을 갔다가, 매점을 갔다가 뭔가 얘기하고 싶어져서 그냥 말했을 뿐인데, 지인들이 자꾸 잔소리를 한다.

"그걸 시로 쓰면 좋겠다!"

"오, 그 문장 시 같은데?"

그럼 시인은 고개를 끄덕이며 스마트폰을 꺼내어 메모장을 연다.

그 좋다는 무엇이 그냥 사라지는 것이 아니라 한 편의 시로 쓰여질 수 있도록.

그럼 평범한 하루를 시로 써본 나의 시 한 편을 소개하며 글을 마치겠다.

「 180 」

고구마

김은지

봄에는 심장약 복용을 시작해야 할지도 모른다고
수의사는 말했다

열 살 넘은 개가
내 이불을 덮고 자고 있다

들숨 날숨에 맞춰
움직이는 배를 보다가
머리를 쓰다듬으면

어김없이 눈을 뜨고
나를 확인하는 개

고구마와 고마워는
두 글자나 같네

말을 걸며
빈틈없이 이불을 꼭꼭 덮어 줄 수 있는
겨울 고마움

어제 시 쓴 사람

김

시는 좋은 시와 아주 좋은 시로 나눌 수 있다.

아주 좋은 시란 완성도를 획득한 시를 말한다.

독자는 완성된 시를 읽을 권리가 있다.

어떤 시는 한눈에 읽히고 흐름이 너무나 자연스러워서 한 천재 시인이 펜을 잡고 쓱— 써 내려갔을 것이라는 환상을 갖게 한다.

그렇지만 찬찬히 읽어보면 그런 시의 제작 과정 역시 그렇게 간단치만은 않았으리란 생각이 든다. 한 단어, 한 칸의 여백까지 가장 최적의 말을 가장 최상의 자리에 배치했는지 점검했으리라. 어떤 영감과 오랜 사색의 결과로 한번에 써내려갔다고 해도 퇴고의 시간은 치열하지 않았을까?

좀 더 완성에 다가가기 위해 그 작품을 다시 펼쳐보고 다시 소리 내어 읽어보았을 것이다.

종이를 펼치고 펜으로 글자를 적어나가는 과정이 있기 전에 시인은 시를 쓴다. 삶을 살아나가는 과정에서 끊임없이 영감이 오는 대상을, 순간을, 문장을, 장면을 기다리며 눈을 껌뻑거린다.

어제는 그냥 돌이었던 돌이 오늘은 아픔과 즐거움과 상상력을 풀어내는 돌이 된다.

어떤 이에게는 단단함의 현현이 되고,

어떤 이에게는 발을 거는 장애물로 비치고,

어떤 이에게는 시간의 압축,

어떤 이에게는 누군가를 해하는 도구,

어떤 이에게는 소유를 사유하게 하는 계기,

어떤 이에게는 타자와의 관계에 대한 실감 나는 배경,

어떤 이에게는 아무리 바라봐도 아무 이야기도 나오지 않는 매혹적인 대상이 된다.

대부분 시는 좋다.

시를 쓰고자 하는 행위 자체가 나쁜 시의 가능성을 희박하게 만든다.

빛나는 한 줄을 찾으려는 의지,

살아 있는 리듬을 만들어내려는 의지,

삶의 한 페이지를 타인에게 전하려는 의지,

벅찬 감정을 토로하고자 하는 의지를 가진 사람이 시를 계속 쓸 것이다.

어떤 영화에 시인이 한 명 나온다. 그는 자신이 아주 시를 잘 쓰지만 세상에 화가 나 있기 때문에 그의 시를 자신 혼자만 읽을 거라고 말한다. 영화를 보면서는 재밌다고 웃었는데 그 말이 시인을 생각할 때마다 가장 먼저 생각난다.

독자에게 읽을 권리를 허락하지 않는 시인, 얼마나 좋은 시를 썼을지 상상해본다.

시인이란 계속 시를 쓰는 사람을 말한다.

그리고 좋은 시인이란 종이 한 장에 에너지를 모아 독자에게 전달할 수 있는 사람을 말한다.

우리는 자주 누구를 시인이라고 인정하는가 논의한다.

유명 문예지로 등단을 한 사람을 말하는가,

어떤 출판사에서 시집을 낸 사람을 말하는가,

시를 읽지 않는 시대에 단 한 명의 독자의 마음에 가닿은 사람을 말하는가.

그럴 때마다 수업 시간에 들었던 교수님의 말씀이 떠오른다.

"어제 시 쓴 사람이 시인이다."

영화 '일 포스티노'에는 두 가지 유형의 시인이 나온다.

네루다와 마리오.

네루다는 시를 쓰는 사람이고, 마리오는 시인의 마음과 시인의 눈을 가진 사람이다.

영화 끝에서 마리오는 결국 시를 썼다고 하는데 우리는 그것을 읽을 수가 없다. 마리오는 시적 영감에 모든 것을 맡기고 세계를 본다.

그가 고향의 아름다움을 전하기 위해 마을의 작은 소리들에 귀를 기울이며 녹음한 테이프는 시와 다름없다. 그가 마지막에 얼마나 진심 어린 시를 썼을지 들어볼 수 없어서 아쉽다. 한 편의 시가 완성에 다다를 때 시인은 시를 통하여 독자와 그리고 세계와 또 다른 소통을 할 수 있다.

❖ 이 글은 시를 발표하기 전에, 시를 발표하게 될 줄 몰랐을 때 썼다. '시인'이란 말은 항상 타인을 가리키는 호칭이라고 생각하며 썼다.

수익이 생기는 순간 사라지는 어떤 것

김

동네에 머리할 때가 되면 찾아가는 헤어드레서 B 선생님이 있다. 나에게 영어를 배운 학생 중에 미용실 원장님이 있었는데 그분이 인정하는 분이라 가게 되었다.

덕분에 나는 사진에도 훨씬 잘 나오고 가끔 연예인들만 하는 줄 알았던 머리도 하고 모르는 미용실에 갈 때마다 느끼는 스트레스 없이 지낸다.

B 선생님은 낚시를 좋아한다.

먼바다에 나가 갈치를 잡고 고등어가 잡히면 놓아준다고 한다. 낚시 얘기를 할 때 그의 표정과 목소리 톤은 완전히 달라진다. 주변 사람들에게도 활기가 전해진다. 낚시를 가려면 며칠씩 일정을 잡아야 하니까 숍의 일은 예약제로만 한다.

B 선생님의 삶은 좋아하는 일이 본업에 영향을 미치는 경우인가?

헤어드레서와 어부라는 투잡을 하는 것일까?

어떤 일에 더 직업 정체성을 느낄까?

뿌리 염색을 하러 갔다가 질문해 보았다.

“둘 다 너무 좋아하는 일이죠.”

“그럼 선생님은 다른 전업 어부처럼 낚시를 하시는 건가요?”

“아니요. 그분들은 완전히 일이잖아요. 수익을 내는 게 무엇보다 중요한.”

B 선생님은 돈은 숍에서 벌고 낚시로 돈을 벌지는 않는다고 했다.

“저도 낚시로 수익이 생길 수도 있겠죠. 그렇게 되는 순간 낚시는 그냥 일이 되어버리는 거겠죠.”

어쩐지 어색한 표정, 둘 다 생각에 잠겼다.

“그래서 일부러 수익을 안 내는 걸까요? 취미의 즐거움을 지키려고. 하하.”

웃음으로 대화는 마무리되었다.

만약 사장님이 낚시로 많은 돈을 벌게 되어 직업 어부가 된다면 새로운 기쁨과 큰 즐거움이 기다리고 있을 것이다.

그렇지만 지금처럼 편한 표정으로 낚시 이야기를 하지는 않지 않을까 생각했다.

나무에게 배운 것

이

우연히 들린 북카페에서 나무에 관한 책을 만났다.

'자연 책방'에서 처음 책을 고르기 위해 둘러보다 알게 된 사실은 그 책방은 자연에 대한 책만 다루는 공간이었다.

자연에 대해 무지한 나로선 어떤 책을 가져가야 할지 통 잡히지가 않았다. 그래서 너무 어려운 책이 아닌 쉽게 접할 수 있는 책을 고르려고 둘러보았다.

내 머릿속에는 '자연' 하면 나무가 딱 떠올랐기 때문에 나무에 대한 테마가 있는 책을 고르기로 결심했다.

그때 눈에 띈 것이 바로 『나는 나무에게 인생을 배웠다』라는 책이었다.

일명 '나무의사'로 평생을 살아온 분의 책이었다. 어린 시절 색약판정을 받고 고등학교를 그만두면서 힘든 시절을 보내다 만난 나무와의 인연을 그린 이야기다. 처음엔 원예농장에서 일하면서 나무를 알게 되었다고 한다. 그러다 단번에 천직임을 알고 나무의사로서 살아가겠다고 다짐하고 평생을 사셨다.

사실 책을 접하고서 나무의사라는 직업을 처음 들어보았다. 나무에게도 의사가 필요하구나 싶었다. 그러다 책을 읽다 보니 당시 다른 사람들은 나무의 겉모습을 중요시하는 조경 사업에 열을 기울이는 동안 본인 스스로는 나무의 속을 들여다보는 치료에 더욱 관심을 가졌다고 한다.

아마도 나무의사라는 개념이 사회에 많이 인지되고 있지는 않았던 모양이다. 그런 의미에서 삼십여 년 전 그때 자신이 하고사 하는 신념으로 새 길을 개척해 나간다는 건 정말 대단한 의지인 것 같다는 생각이 들었다.

비록 책 한 권으로 만난 나무의사의 삶이었지만 나무 제각각마다의 살아가는 철학을 배워 단단하게 세상을 살아가는 법을 아는 사람이었다.

책에서 말하는 나무는 세상 그 무엇에게도 해를 끼치지 않으면서 주어진 환경에 적응해 살아가는 존재였다. 나무는 어떤 시기에는 힘을 비축하다가 시기적절할 때 온 힘을 뿌리에 쏟고 성장을 위해 매년 새로 잎을 만들고 떨구면서 불필요한 곁가지들을 과감하게 버릴 줄 알았다.

척박한 환경에서 태어난 나무는 혼자 버티는 힘을 기르며 외부의 위협이 있는 환경에 있는 나무는 가시로 긴장을 곤두세운다. 반면에 지나친 사랑으로 보살펴 아침저녁으로 만져보고 흙을 다지면서 뿌리까지 흔들리게 되면 결국은 나무 자신의 본성을 잃어버리고 만다. 또 빈틈이 없는 빼곡한 나무숲에서 나무들은 서로 성장하지 못한다. 이러한 모든 것이 우리 삶과 닮아있다.

책방을 나오면서 주인 또한 자연과 닮아있지 않을까 자연스레 상상해보았다.

주인이 좋아하는 자연 책방에서 또다시 한 걸음 속에 나무를 좋아하는 사람을 만나게 돼서 유독 덧없이 좋은 하루가 되었다.

혹시 당신도 다능인이신가요?

김

친구들과 읽은 책을 바꿔 보는 것을 좋아한다. 친구가 밑줄 그은 문장과 메모가 보이면 미소가 지어진다. 나는 책을 읽으면서 연필이나 볼펜으로 표시를 하기 때문에 중고 서점에 판매가 어렵다. 그래서 대부분 나눔을 한다.

얼마 전에는 여행 중에 책을 교환했다. 유럽에서 받는 한국 책은 더욱 귀하게 여겨졌다.

친구가 준 책은 에밀리 와프닉의 『모든 것이 되는 법』이었다. 내가 지금 쓰고 있는 글에 도움이 될 것 같았다. 회사에 다니면서도 끊임없이 하고 싶은 일에 대해 고민하는 스토리를 쓰고 있기 때문이었다.

이 책을 읽고 나는 깨달았다. 끊임없이 새로운 일을 찾고 그 과정에서 기쁨을 느끼는 유형이 바로 나라는 것.

아무리 하고 싶은 일을 하더라도 너무 많은 일을 한꺼번에 진행하면 즐기면서 할 수 없다. 한정된 시간에 내가 할 수 있는 일의 양을 판단하는 것은 매우 중요하다.

나는 내년 2월까지 스토리북 원고를 잘 마무리하는 것이 목표다. 그런데 그러면 갑자기 막 새로운 책 기획이 떠오른다. 그냥 떠오르는 게 아니라 막 되게 구체적으로 떠오른다.

그중에 하나를 말하자면 『작가라면』이라는 책을 만들고 싶다. 중후한 인상을 줄 수 있는 제목이지만 사실은 작가들이 좋아하는 라면 이야기. 내가 좋아하는 작가분들에게 원고를 부탁해서 묶은 다음 텀블벅에 업로드하고 싶다. 후원을 많이 받으면 원고료도 넉넉하게 드릴 수 있겠지. 어떤 굿즈를 만들면 재미있을까? 대박이 나면 좋지만 아니어도 멋진 추억이 될 것만 같아.

예전 같으면 딴생각하지 말고 지금 하고 있는 작업에 그런 에너지를 집중하자, 하고 생각했을 거다. 『모든 것이 되는 법』을 읽고 나서는 그런 기획과 상상이 나에게 굉장히 좋은 휴식이 된다는 걸 알겠다.

어느 뇌 과학자가 말했다.

'내가 행복한지 아닌지를 알 수 있는 척도는 시간이 얼마나 빨리 지나간다고 느끼는가로 알 수 있다고.'

재미있는 일을 기획하다 보면 하루가 일주일이 한 달이 슉슉.

지치지 않는 선에서 계속 재미있는 책을 만들고 특별한 공연을 기획해보고 싶다.

기분과 행복은 별개

김

지금 내 기분을 말하자면 안타깝게도 별로 안 좋다.

그런데 그것을 인정하고 싶지 않다.

왜냐하면 나는 감사하고 싶기 때문이다.

스토리북을 쓰고 있다.

귀여운 인기 토끼 캐릭터에 대한 글을 써달라는 제안이 왔을 때 정말 기뻤다.

에세이도 쓰고 있다. 나의 행복을 살펴보는 작업, 항상 미뤄왔었는데 의미 있고 너무 좋다.

갓 나온 시집도 홍보해야 하고 책방 시 모임, 카운슬링과 연계한 글쓰기 강좌도 해야 한다. 이렇게 바쁘게 지내다가는 시 쓸 시간도 없을 것 같아 아무리 흥미로운 제안이 들어와도 정중하게 거절하기로 마음먹었다.

그렇지만 거절을 했는데 막 기다려 준다고 하시고 꼭 나와 진행하고 싶다고 하면 오히려 더 감동하게 되고 그렇게 점점 더 바빠져만 간다. 이렇게 고마운 상황에서 어째서 기분이 별로 안 좋을 수 있지? 나는 나를 다그친다.

한편으로 생각해본다. 왜 기분이 안 좋지?

행복한 기분이란 무슨 일이 일어났는지와는 무관한, 그냥 습관인 걸까?

사실 스토리북 작업이 쉽지 않다. 멀리서 볼 땐 굉장히 흥미로운 작업이었는데 수정이 많고 마감 날짜는 다가오고 진도는 잘 나가지 않는다.

아침에 일어나면 부담감이 몰려온다.

'오늘은 꼭 잘 써야 하는데.' 불안한 마음으로 외출 준비를 하고 밥을 먹고 이런저런 일들을 처리한다. 맛있는 음식을 먹어도 맛에 집중이 안 된다. 그러면서 나는 계속 '기뻐해야지, 감사해야지, 잘 쓸 수 있어!'라고 생각하려고 애쓴다. '다른 사람들은 안 그렇겠어? 누구나 부담감과 싸우며 일하고 있겠지!'

다짐과 달리 나는 키보드 앞에 앉기도 싫고 꾸역꾸역 쓰는 글은 맘에 들지 않는다.

잘 써질 때도 있다. 메일의 보내기 버튼을 보내고 나면 너무 후련하다. 그런데 금방 다음 원고를 시작하면서 그 후련함이 단 오 분만에 사라져 버린다. 자꾸 그러다 보니 이제는 후련함은 최소 한 시간은 느끼기로 정해두었다.

결국 몸에 탈이 나서 병원에 갔다. 약을 타서 집에 오는 길 터벅터벅 걷다가 문득 인정했다. 나는 많은 일을 할 수 있는 사람이 아니다. 스토리북을 척척 써내기에는 경험이 부족하다. 그러자 기분이 나아졌다. 이 정도 해낸 것만으로도 기특하다고 나에게 말해주었다. 묘하게 용기가 생기더니 아이디어도 떠오르고 다르게 써볼 수 있을 거 같았다.

이렇게 내 상태를 정리한 후 좀 나아지긴 했지만 여전히 아침엔 대체로 부담을 느끼며 괴로워하고 저녁엔 소소한 보람을 느끼며 뿌듯해하고 있다.

공간

이

안녕하세요.

책방 문을 열 때 속으로 꼭 인사를 했다. 반갑게 인사를 해줘야 책방도 나를 반기고 손님도 반겨줄 것 같아서였다. 그렇게 공간도 아끼는 마음으로 대하다 보면 구석구석 점점 애정이 가는 곳이 생기게 됐다. 북쪽을 바라보고 있는 우리 책방은 겨울엔 유독 한기가 웃돌았다. 책방이 뜨거운 여름을 보낼 때는 별 생각이 없었는데 추운 겨울이 되면 이상하리만큼 마음이 쓰렸다. 조금 안쓰러운 마음이 들었달까. 사실 상가 자리로는 북쪽이 좋다고 해서 좋은 마음을 가지고 있었다. 그런데 막상 해가 한창인데 책방으로 들어오는 볕이 적은 걸 보면 아쉬울 때가 많았다. 그래서 해 질 녘이 되면 붉게 물든 창가 가장자리에 앉아 지는 해를 바라보면서 아쉬움을 많이 달래곤 했다.

처음에 책장 공간을 너무 많이 짜 놔서 빈 공간이 많았다. 그래서 책장을 배부르게 할 겸 집에 있던 책을 골라 가지고 와서 넣어놓고 부모님께 부탁해 본가에 있는 책도 택배로 받아 채워 넣었다. 그러다 보니 어느샌가 책장이 꽉 차게 되었다. 입고된 책도 점점 쌓이다 보니 채워 놓을 공간이 부족했다. 그래서 다시 정리를 하면서 개인 소장용 책을 집으로 보내는 일이 생겼다. 그리고 큰 나무 테이블을 사서 그 위에 진열하고 3단, 4단 나뉘어 있는 미니 책장도 군데군데 두어서 책을 배치했다.

사실 책장은 내가 가장 많이 신경 썼고 정이 가는 공간이기도 했다. 처음에 책장을 짤 때 책 높이와 깊이를 고려해 책장 한 칸마다의 길이를 전부 정하고 벽 틀에 딱 맞추어 길이를 전부 재서 짰다. 그런데 막상 주문한 책장을 넣어 보니 내가 계산한 부분과 틀려 어떤 책은 꽂지 못하는 상황이 생겨버렸다. 그리고 책 장 옆 길이도 안 맞다 보니 책장 사이마다 빈 틈이 생겨버렸다.

나는 이 상황 자체가 너무 화가 나서 의뢰한 업체에 화를 냈다. 어떻게 직접 계산을 다 측정해서 발주를 넣었는데 이런 상황이 생기냐고 따졌다. 목수 사장님은 여러 가지 핑계를 대고 추가로 빈 공간에 들어갈 만한 책장을 짜주겠다고 했다. 그러나 원래 가로로 길게 뻗어서 맞춘 책장을 빈 틈 일부분을 조그마한 책장으로 채우려고 하니 외관상 보기도 안 좋고 마냥 그 상황이 짜증나기만 했었다. 내가 할 수 있는 건 작은 책장이라도 받는 일뿐이었다. 그래서 작은 책장을 최대한 잘 활용해야지, 라고 생각했다.

약 이틀 후 도착한 작은 책장은 가로가 작고 세로가 5단으로 된 책장이었다. 다행히 비스듬히 세워 놀 수 있어서 구석에 살짝 눕혀서 놓아두었다. 그리고 그곳엔 책방 베스트셀러를 꽂아 두었다. 특이하게 놔둔 그 책장에는 생각보다 손님들의 시선이 많이 갔고 덕분에 좋은 활용처가 되었다. 그리고 이제 남은 숙제는 벽 쪽에 짠 책장의 빈 공간을 어떻게 할 것이냐였다. 열흘 정도를 고민하면서 딱히 좋은 생각이 떠오르지 않아서 나는 그곳을 뭘 채우려고 하기보다는 보기 좋게 꾸며만 놓아야겠다고 생각했다. 그래서 처음에 책방 인테리어를 하면서 벽 쪽에 전기선을 제거하지 않고 놔둔 것을 활용해야겠다고 마음먹었다. 책 장 양 옆으로 구석에 전기선을 연결해 작은 전구를 여러 개 사서 책장을 비추게끔 하니 꽤나 운치있어 보였다. 특히 저녁 때는 양 옆에서 은은하게 빛을 받은 책장은 네온사인이 가득한 야경처럼 보였다. 그러면서 책장에 대한 마음도 풀리게 됐고 오가는 손님들에게 책장 자랑을 많이 하면서 내가 만든 공간, 그 소중한 곳곳을 항상 말해주곤 했다.

한 장소에서 각자가 좋아하는 무언가로 만나서 시간을 보낸다는 건 행복을 만들 수 있는 일이 될 수 있었다.

하지 말라고 하니까,
정말 하고 싶어진 스쿠버다이빙

김

케빈의 취미 중 하나는 스쿠버다이빙이다.

'한국에서 하고 싶은 일' 하면 첫 번째가 제주도에서 스쿠버다이빙이었는데 드디어 제주도에 가게 되었다!

나는 거의 모든 레포츠를 싫어하기 때문에 다이빙을 할 마음이 별로 없었다.

제주도 남쪽 서귀포에 있는 문섬은 스쿠버다이빙 세계 10대 포인트에 드는 멋진 곳이라는 점, 베스트 7위에 랭크된

적도 있다는 점들을 알아가면서 호기심이 생겼다.

케빈에게 물었다.

"솔직히 말해 줘. 내가 스쿠버다이빙을 할 수 있을 것 같아?"

이미 약 팔 회 정도 물어봐 놓고 또 물었다.

물론이지, 하면서 힘을 북돋우어 주던 케빈이 오락에 빠져서 문득 진심으로 대답을 해주는 것이었다.

"글쎄, 수영도 못하고. 사실 다이빙이 위험하긴 하지. 안 하는 게 좋겠는걸."

분명히 인터넷에선 수영 못해도 상관없고 간단한 훈련만 받으면 되고 1대 1로 스태프가 도와주기 때문에 초보자도 문제없다고 했는데?

오기가 생겼다. 동행한 시부모님도 스쿠버다이빙을 한 번도 안 해본 내가 사고라도 날까 걱정하셨다. 그들이 걱정을 하면 할수록 바다 속 아름다운 물고기들이 나를 기다리는 것만 같은, 10미터 안 바닷물 속에서

붕붕 뜬 기분은 정말 새롭고 판타스틱할 것만 같은, 마치 내 마음 깊은 곳에서는 스쿠버다이빙을 하고 싶다는 마음이 한 결같이 있어온 듯한 그런 기분이 들었다. 그래서 과감히 내 표도 예약했다!

통통배를 타고 문섬으로 향하는 길, 멀어지는 제주도는 과연 너무나 아름다웠고 배의 속도와 비슷하게 수면 위를 나는 날치를 보며 '저기 거북이가 지나가네', 라는 아버님의 말씀을 눈으로 쫓으며 나는 기분 좋은 긴장감에 빠졌다.

산소통을 메고 급경사가 진 바위에 앉아 입수하려는 차, 코치님의 등 뒤에서 유유히 헤엄치는 약 1미터 크기의 거대한 노란색 해파리(독 있음)를 보면서도 '겁난다'는 생각이 들지 않았다.

해파리가 다가와도 어쩐지 웃고 있는 나의 모습, 비현실적으로 아름다운 섬에서, 해본 적 없는 일을 하다 보니 이성이 잠시 활동을 멈춘 것이다.

밧줄을 잡고 물에 들어갔다. 먼저 다이빙했던 사람이 충고해준 대로 붕붕 뜨는 다리를 잘 조절하리라, 유념하면서.

고개를 물속에 넣는 순간 공기가 없는 곳으로 들어가는 것을 깨달은, 머리가 아닌 심장이 과격하게 요동치기 시작했고 흰자위가 태어나서 눈 뜬 이래 가장 커지면서 호흡이 비정상적으로 거칠어졌다.

코치님이 놀라서,

"전혀 안 괜찮아 보이네요. 괜찮아요?"라고 하는데 대답도 안 하고 그저 그를 쳐다만 봤다. 거대한 흰자위를 보이며.

"저, 저, 못 하지 싶은데요."

"왜요?"

"몰라요."

친절했던 코치님은 웃으면서 그게 말이 된다고 생각하냐는 묘한 표정을 지으며 이제 입수하자고 했다. 나도 에라 모르겠다 하는 심정으로 고개를 끄덕였다.

에라 모르겠다, 라고 생각하는 그 순간만큼은 정말 할 수 있을 것 같은 마음이 들고 심장 박동수도 정상으로 돌아왔다.

2미터 들어갈 때마다 귀의 압력을 조절하기 위해 코를 잡고 '흥' 숨을 뱉어내야 되는데 그 쉽던 '흥'이, 지상에서 연습할 때는 그렇게 잘 되던 '흥'이 마음이 급해서 그런지 잘 안됐다. 내 귀에서 공기 방울이 뽕뽕 나오는 게 보이는데도 여전히 '제대로 한 건지' 확신이 안 섰다.

시아버지가 가르쳐준 네 가지 심플한 의사소통 용어를 잘 못 써먹었다.

괜찮아? (손으로 동그라미)

- 괜찮아. (손으로 동그라미)

- 안 괜찮아. (손 흔들기)

올라갈까? (손가락으로 위를 가리킴)

- 위로 가자 (위를 가리킴)

- 내려 가자 (아래를 가리킴)

물속에서는 말을 못하니까 분명하게 표시를 해줘야 된다며 가르쳐준 수화였다. 나는 '뭐 이런 쉬운 걸 가르치나?', 라고 생각했건만 물속에서 코치님이 '괜찮아?', 라고 물어봤을 때 '괜찮다!', 라고 하며 엄지손가락을 들어 보이는 만행을 저질렀다.

코치님은 내가 위로 올라가자고 하는 줄 알았고 우리는 수면으로 다시 올라왔다. 물속에 들어갔다가 다시 수면으로 나오는 것은 짧은 시간에 큰 압력 차이를 겪어야 해서 몸에 해롭다. 때문에 급한 일이 아니면 물속에 머무르는 것이 좋다. 코치님 건강에 누를 끼쳐서 죄송한 마음이 들었다.

우리는 재차 입수했다. 산소통의 마스크에 대고 제대로 숨을 쉬고 있는 건지, 만약 실수라도 하면 저렇게 먼 수면 위로 어떻게 올라가야 하나, 이런 무서운 생각들을 하면 곧장 심장은 따라 뛰고 몸이 격하게 떨렸다.

부정적인 생각을 한다는 게 이런 거구나. 평소엔 몰랐는데 물속에 들어오니까 알 수 있었다. 내가 무슨 생각을 하느냐에 따라 몸과 마음이 같이 움직인다는 것을. 여기서 살아나가면, 정말 긍정적으로 살아가겠습니다, 다짐했다.

“이미 꽤 깊게 내려왔는걸.”

입수하는 곳부터 연결된 줄이 바위에 묶여 있었다. 그 바위가 마치 모든 걸 제대로 하고 있다는 증거로 보였다. 마음이 놓이자 밑에서 기다리고 있던 팀원들과 인사도 나누게 되었다. 먹을 것을 기대하는 물고기들에게 손도 흔들어 주었다.

“안녕, 귀여운 물고기야. 간식을 달라고? 그건 무리야.”

물속은 정말 아름다웠다. 떼를 지어 대각선으로 올라가는 빨간 물고기들은 꼬리에 꼬마전구 같은 걸 달고 있어 반짝거리고 보라색이라고도 붉은색이라고도 말하기 섭섭한 아름다운 총 천연색의 물고기도 헤엄치고 있었다. 한국에 있는지도 몰랐던 노란 산호와 보라색 산호들. 심지어 춤을 추듯 흔들리는 황토색 '미역'마저도 환상적으로 보였다.

가장 꿈결같이 느껴졌던 건 코치님에게 산소통을 잡힌 채 둥둥 떠서 가던 길의, 저 아래 보이는 동료들이었다. 가깝다면 가까운 그 사람들이 고개를 들지 않는 한, 내가 뭐라고 말해도 못 듣고 발버둥 쳐도 모르리라는 것. 땅과는 다른 감각이 신비했다.

곧 목이 칼칼해지고 기침이 나와 또 패닉에 빠졌다. 물속에서 기침이 나오면 그냥 기침하면 된다. 그러나 나는 손가락으로 목을 가리키며 기침하는 마임 연기를 하면서 어떻게 해야 하느냐고 물었다. 코치님의 무반응이 조금 웃겼다.

나는 결국 17미터까지나 내려갔고 다른 팀들은 25미터까지 가서 보라색 잎을 가진 나무 모양의 산호도 보고 왔다.

비록 끝까지 가지는 못했지만 목표했던 10미터보다는 더 깊이 들어갔구나, 첫 번째치고는 잘 해낸 것 같다, 생각하며 마음을 다독였다. 물 밖으로 나와서 사람들을 기다리는 시간도 특별하게 느껴졌다.

추천의 글 1

밤길을 걷다 마주친 책방 불빛이 참 따뜻해서 발걸음을 늦춘 적이 있다. 그 불빛이 단단하게 느껴진 것은 문 닫힌 책방 안쪽에서 새어나오는 분위기가 한 번도 마주친 적 없는 주인을 닮은 것 같아서였다. 하고 싶은 것을 하면서 저지르듯 사는 삶은 경이롭고 눈물겹기까지 하다. 그렇게 슬쩍 미친 척하면서 사는 삶은 스스로를 높은 곳으로 견인한다. 스스로에게 관 하나를 꽂아 기운을 불어 넣은 다음 그 에너지로 삶을 밀고 나가는 힘.

책을 좋아하는 사람에게서 나무 냄새가 나는 것은 어쩌면 당연한 일이며 그들이 움직일 때마다 이파리 부딪치는 소리를 내는 것도 그들이 식물성이라서겠다. 좋아하는 것을 꽉 껴안고 사는 사람들에게서 이제는 동물이 아닌 식물적 감각이 느껴지는 것은 자연스러운 일이 되었다. 순정으로 또 은근함으로 시간을 곱으로 건너가기 때문일 것이며 귀로 가슴으로 자주 목말라하는 스스로에게 제대로 집중하기 때문이다. 〈좋아하는 일을 하면 행복할 수 있을까〉를 읽으면서 해상도가 선명한 삶을 읽는다. 이 한 권의 책이 따뜻하고 평화롭고 정갈한 이유이기도 할 것이다. 이 책처럼 여행하듯 살면 된다. 조금 힘을 빼고 조금은 넉살을 실어서 인생을 가볍게 가볍게.

이병률(시인, 여행작가)

추천의 글 2

북토크를 마치고 나면 여운이 길어 발길이 떨어지지 않을 때가 있다. 그날도 그랬다. 오신 분들에게 사인을 해드리고 사진도 찍고 이야기를 나누느라 나는 행사가 끝난 뒤에도 한동안 앉아있었다.

그때 우린 처음 만났다. 책방을 운영했었지만 지금은 아니라는 말을 웃으며 하는데도 눈은 금세 그렁그렁해졌다. 그날 조심스러워 묻지 못했던 '좋아하는 일을 하면 행복할 수 있을까?'라는 물음에 대한 답과 지난 시간들을 이제야 시간과 마음을 들여 다 들은 기분이 든다.

용기 있는 포기는 또 다른 도전의 토대가 된다. 나는 매사 확언하기를 주저하는 사람이지만 이 말 만큼은 분명하게 말할 수 있다. 두 사람의 인생은 이제 어디로 이어질까? 그 시간들도 나중에 꼭 들려주기를.

요조(작가, 뮤지션, 책방무사 대표)

좋아하는 일을 하면 행복할 수 있을까

1판 1쇄 인쇄 2020년 07월 13일
1판 1쇄 발행 2020년 07월 20일

지은이 이동환, 김은지

발행인 양원석 **편집장** 최두은 **책임편집** 최다혜
디자인 이은혜, 김미선 **영업마케팅** 양정길, 강효경

펴낸 곳 ㈜알에이치코리아
주소 서울시 금천구 가산디지털2로 53, 20층(가산동, 한라시그마밸리)
편집문의 02-6443-8904 **도서문의** 02-6443-8800
홈페이지 http://rhk.co.kr
등록 2004년 1월 15일 제2-3726호

ISBN 978-89-255-5636-9 (03810)